STATISTIQUE

ADMINISTRATIVE ET MÉDICALE

DE L'ASILE PUBLIC DES ALIÉNÉS

DE LILLE,

Pour les années 1847, 1848, 1849, 1850 et 1851.

RAPPORT

À Monsieur le Préfet du département du Nord,

PAR

Le Directeur et le Médecin de l'Asile.

IMPRIMERIE DE .... PLACE DU THÉÂTRE, 36.

1852.

STATISTIQUE

ADMINISTRATIVE ET MÉDICALE

DE L'ASILE PUBLIC DES ALIÉNÉES

DE LILLE.

STATISTIQUE

ADMINISTRATIVE ET MÉDICALE

DE L'ASILE PUBLIC DES ALIÉNÉES

DE LILLE,

Pour les années 1847, 1848, 1849, 1850 et 1851.

RAPPORT

A Monsieur le Préfet du département du Nord,

PAR

Le Directeur et le Médecin de l'Asile.

LILLE,

IMPRIMERIE DE LEFEBVRE-DUCROCQ, PLACE DU THÉATRE, 36.

1852.

MONSIEUR LE PRÉFET,

Nous avons l'honneur de vous adresser un Compte-Rendu statistique, administratif et médical sur l'Asile confié à nos soins.

Une période de cinq années s'est écoulée depuis la publication d'une première Notice, et les améliorations dont vous avez bien voulu constater les heureux résultats, nous autorisent à penser que vous voudrez bien, Monsieur le Préfet, agréer l'hommage du Mémoire qui les résume.

Nous avons l'honneur d'être,

Monsieur le Préfet,

Vos très-humbles et très-obéissants serviteurs,

Le Médecin,

A. GOSSELET.

Le Directeur,

L'HERBON DE LUSSATS.

Commission de Surveillance.

MM. Ch. VERLEY. . . . . Président.

ROUZÉ-MATHON.. . . . . Secrétaire.

MARIAGE-BONTE.

LECOMTE (Doyen).

MEUNIER.

Personnel administratif.

MM. L'HERBON DE LUSSATS. . . . . . . Directeur.

GOSSELET. . . . . Médecin.

LONGUESPÉE. . . . . Receveur-Économe.

SAPELLIER. . . . . Aumônier.

L'HERBON DE LUSSATS (Fils). . . . . Secrétaire.

PRÉLIMINAIRES.

—

Si communiquer ses idées, ses erreurs, ses succès, ses revers, est aujourd'hui, pour les aliénistes, un besoin impérieux non moins qu'utile, un tribut à l'expérience, un bienfait pour les malheureux que la raison abandonne, et qui viennent implorer les secours et la spécialité des hommes dévoués à leur soulagement, nous n'avons rien à redouter, notre publication sera bien accueillie de nos confrères ; elle n'apprendra rien de nouveau, mais elle fera nombre avec les autres ; elle augmentera la source des probabilités ; elle n'enrichira sans doute point la science proprement dite, mais elle prouvera qu'ici, comme dans toutes les maisons d'aliénés, on n'a pour guide que l'humanité.

Nous avons nous-mêmes parcouru, avec infiniment de plaisir, les comptes-rendus des divers asiles d'aliénés. Nous avons retrouvé dans certaines descriptions minutieuses des

progrès faits dans le Midi, à l'Est, à l'Ouest, la reproduction
plus ou moins complète de quelques-unes des réformes que
nous avons tentées dans le Nord, et, d'après la satisfaction
sympathique que nous avons éprouvée en lisant nos propres
pensées, nos propres moyens d'action dans les écrits de confrères distingués, nous avons compris qu'il pouvait y avoir
quelque chose à glaner, pour ceux qui se trouvent au milieu
de positions analogues, dans une narration simple et brève de
tous les riens qui, dans leur ensemble, constituent la bonne
direction d'une maison d'aliénés. Les nombreuses marques
d'encouragement données à nos efforts, et, il faut le dire, à
nos succès, nous ont d'ailleurs démontré l'importance des
changements qui, considérés un à un, nous avaient paru insi-
gnifiants, et dont les uns sont relatifs aux locaux dont nous
pouvions disposer, dont les autres ont trait à l'ordre intérieur, à la police pour ainsi dire, et à l'action réciproque de
nos aliénées. D'un autre côté, nous avons entendu le nouvel
appel fait par les *Annales médico psychologiques*, et nous allons
y répondre.

Une première notice statistique publiée en 1847 par
M. le médecin de l'asile, remonte à l'origine, à la fondation;
puis énumérant les lois et ordonnances qui régissent la
matière, met en regard les transformations subies par cet
établissement jusqu'en 1847. Depuis lors, sous l'empire des
mêmes lois, des mêmes réglements, la prospérité n'a rien
perdu et les améliorations intérieures, toutes pacifiques, nous
permettent de compter cette période comme une nouvelle
étape.

CONSIDÉRATIONS GÉNÉRALES.

En disant ce qui existait avant nous, il ne saurait entrer
dans notre pensée de jeter le moindre blâme sur nos hono-

rables prédécesseurs, qui ont successivement, avec l'aide de l'Administration, pratiqué ou rendu possibles toutes les améliorations, car on n'improvise pas ces choses là.

Il n'est peut-être pas un établissement en France où il y ait eu plus de difficultés à vaincre que dans l'asile de Lille, et où on ait plus fait, depuis longtemps (1). Nous n'avons donc à revendiquer que la satisfaction de continuer le bien, de donner, pour ainsi dire, le vernis à l'ouvrage que les autres n'avaient pu terminer. Mais quel que soit le bon vouloir des directeurs et des médecins, il y a dans la situation même, au centre de la ville, comme dans la disposition des bâtiments, des obstacles qu'on ne peut franchir.

L'espace fait défaut, et les constructions sont en désaccord avec les besoins actuels du service; on n'a pu que tourner ces obstacles, que suppléer à l'espace par l'exercice et la propreté; que suppléer aux mauvaises divisions par une surveillance et une activité incessantes, par une volonté ferme et présente partout. C'est là, que, pour les hommes d'application, se trouve le nœud de toute administration, de toute gestion. Pénétrer chacun de ses devoirs, inculquer aux employés de tous les degrés, le désir unique de bien faire, de manière à n'agir qu'avec entente, de manière à laisser à chacun, avec sa part de responsabilité, sa part dans le sentiment consolateur d'avoir cherché, d'avoir atteint le but proposé : c'est la moitié du succès.

Nous le disons avec bonheur et reconnaissance, nous avons trouvé partout une assistance admirable, et qui ne nous a laissé qu'à nous faire comprendre. La sœur supérieure, convaincue tout d'abord que nous voulions le bien de nos

---

(1) On peut consulter sur ce point le rapport fait par M. Lestiboudois, membre d'une commission nommée par le Préfet en 1829, rapport publié dans le premier compte-rendu des travaux du Conseil central de salubrité.

malades, n'a reculé devant aucune fatigue, devant aucun dévouement; elle sut faire passer ses convictions dans l'ame de ses compagnes non moins dévouées qu'elle, et l'on comprend de suite combien notre tâche était rendue facile, combien même elle avait d'attrait, puisqu'on allait au-devant de nos désirs, et que chaque conquête au profit de l'ordre, de la prospérité, du bien-être de nos administrées, devenait un sujet de joie et d'émulation pour tout le monde, de telle sorte que nous pouvons dire : Si nous n'avons pas fait mieux, c'est que nous ne savons pas faire mieux au milieu de pareilles conditions.

Ainsi, partout dans la maison un concours complet. Au dehors, il n'est personne qui n'ait suivi avec intérêt nos progrès successifs. Nous n'aurions sans doute pas eu le droit de nous plaindre, si elle eût existé, d'une indifférence qui eut pû paraître justifiée par ce qu'il y a de pénible à pénétrer dans nos maisons d'aliénés, et surtout par ce qu'il y avait autrefois de repoussant; mais il nous est bien permis de remercier de leur concours efficace et bienveillant tous les magistrats que la loi investit de la mission de surveillance, et dont les déclarations écrites ou verbales ont été unanimes dans leur approbation. Il entrerait moins encore dans les convenances que nous venions apprécier les actes de la Commission de surveillance de l'asile. Mais, en disant que les visites répétées dans la maison, que l'esprit de conciliation qui anime ses avis ont puissamment contribué aux transformations obtenues, nous rendons hommage à la stricte vérité. Le zèle éclairé, le désintéressement infatigable de ses membres ne peuvent trouver de récompenses que dans leur conscience propre.

QUARTIER DES AGITÉES.

Ce qui attire le plus l'attention des hommes de l'art dans les établissements d'aliénés, c'est le quartier des agitées ; c'est, en effet, la pierre de touche, c'est là que se reconnait, que se juge la valeur de la direction administrative et médicale. Or, si bien que soit une chose, il y a toujours mieux à faire ; dans un service de cette nature, il est impossible de s'arrêter sans reculer, il faut toujours progresser en profitant de ses erreurs et de celles des autres, comme aussi des succès obtenus ailleurs, de l'expérience enfin qui étend chaque jour les bases de la science.

Nos impressions premières n'étaient pas favorables à l'état des choses qui est resté profondément gravé dans nos souvenirs. Il n'était pas rare, en 1848, de voir les malades, pendant leur agitation, enfermées dans leur loge, y passer la période de l'accès, soit qu'on les y retint, soit qu'elles ne voulussent pas en sortir. Que pouvait être dans cet isolement, la direction de leurs pensées et de leurs actes ? Les moins turbulentes se contentaient d'injurier les malades ou les personnes qui passaient dans les corridors, elles ne se couchaient pas, et toutes échevelées se tenaient blotties dans un coin enveloppées dans une couverture, souvent, elles étaient plusieurs jours sans prendre la nourriture qui leur était passée à travers les barreaux de ces loges, et la fille ou la religieuse ne pouvaient, qu'avec précaution, pénétrer dans leurs cellules pour les débarrasser de leurs malpropretés, mêlées à la paille de la couchette; ces soins étaient cependant donnés régulièrement tous les jours, mais avec des difficultés incroyables. Telle malade avait déchiré, pendant la nuit, le corset qu'on lui avait revêtu, et dans un état de nudité plus ou moins complet, se vautrait dans la paille, et d'une voix forte et plaintive, elle suppliait tout venant d'arriver à son secours ; ou venait à travers les barreaux de la loge allonger ses bras puissants et saisir au passage les personnes peu attentives qu'elle attirait à elle et ne lâchait qu'avec peine. Celle-ci se mettait entièrement nue, et avec beaucoup d'art et de coquetterie, mêlait à sa chevelure la paille qui jonchait sa chambre. Une autre dame du grand monde et bien élevée, vomit les injures les plus grossières et lance aux visiteurs la viande ou les potages qu'on vient de lui avancer par la fenêtre ; on ose à peine, dans ces moments de fureur, pénétrer dans sa loge où elle se défend à l'aide de la vaisselle, du vase de nuit ou de ses literies.

Celle-ci avait mis en petits cordons toutes les pièces de son accoutrement ou de son lit, il ne se passait pas de jour où des lambeaux de draps, de couvertures, de vêtements, ne soient apportés aux débris, après avoir été présentés au médecin, comme preuve de l'agitation nocturne. Elle refusait obstinément de sortir de sa loge, où, pendant plusieurs jours, elle tressait, avec un talent grossier, les lambeaux, les débris, qu'elle avait conservés de ses dégâts, elle les entremêlait à la zostère ou à la paille pour en faire des tiares, des croix, des chariots, des bourses, des poupées d'un aspect singulier, qu'elle fabriquait avec un soin digne d'un autre but, et qu'elle conservait avec amour, pour en faire don à quelque personnage de prédilection.

LOGES.

Ces scènes avaient un théâtre digne d'elles, c'était les loges qui se trouvaient à tous les étages et jusque dans les soubassements où elles avaient surtout un aspect horrible et navrant.

La conséquence de ce séjour prolongé des malades dans des cellules où elles étaient libres, où elles le devenaient après quelques efforts, était précisément contraire à celle qu'on voulait obtenir. La surveillance y était fatalement des plus défectueuse, quelque soin que l'on prit. Le traitement, on peut le dire impossible, physiquement et moralement. En effet, après avoir bouleversé leur couche, elles bivouaquaient sur le plancher, suivant leurs caprices, et la plupart, dans une agitation violente qui se traduisait par des cris féroces, des coups retentissants aux cloisons, aux portes, qu'elles parvenaient à enfoncer ou à barricader. Aussi, le jour qui suivait de pareilles nuits ne pouvait-il être un jour de calme; aussi, le nombre de corsets dont nous sommes encore aujourd'hui forcés de conserver un si grand nombre à cause du défaut d'espace, et surtout à cause du noyau d'agitées, léguées par le passé, qui n'ont rien pu perdre de leurs habitudes, ce nombre, disons-nous, était porté à plus du double sur une population qui comptait un dixième en moins. On se figure difficilement aujourd'hui comment on pouvait alors sortir de la besogne que nécessitaient ces mélanges de paille, d'ordures, de femmes et de vêtements lacérés.

Nous avions aussi à lutter contre une autre difficulté, contre un autre désordre, c'était la confusion des services, confusion complète et perturbatrice. On voyait les malades de différents quartiers roder dans les couloirs où elles brisaient les vitres et jetaient la confusion. C'est que telle femme, qui, dans le jour, se tenait dans une division tranquille, venait le soir se retremper, en quelque sorte, au bruit du quartier fort, comme pour n'en point perdre l'habitude.

En entrant à l'établissement, nous n'avions aucune pensée arrêtée, aucun système prémédité, et peut-être, ce fût un bien, car il était impossible d'arriver à modifier brusquement une telle situation. Mais nous aurions quelque difficulté à dire combien nous était pénible la visite que nous faisions aux malades dans ces conditions, aussi fût-il bientôt convenu qu'on abandonnerait d'abord les neuf loges qui restaient dans le soubassement, et que leur aspect sombre et hideux, que leur humidité rendait intolérables. Il était difficile de caser de suite en dortoir des malades habituées à ce régime, cependant tout cela s'arrangea, on retira des loges supérieures les moins dangereuses de ces malades qui furent couchées en dortoirs, et l'on y colloqua celles du soubassement qui venaient d'être rendues à la lumière.

Ce fût avec certaine anxiété que l'on attendit les nouvelles de la nuit et avec quelque étonnement qu'on apprit qu'il n'y avait pas eu plus de bruit qu'à l'ordinaire. C'était une victoire, on se regardait avec satisfaction, et dès-lors, rien ne nous parut impossible. Une autre mesure eût également un grand effet sur l'ordre général de ce quartier et le calme de chaque nuit, ce fût de fixer dans leurs lits, les malades trop agitées pour y rester, et de les forcer, malgré elles, à jouir du repos et du sommeil. Nous concevons que cette pensée puisse, au premier abord, paraître bien cruelle, et qu'elle sera peut-être blâmée, mais la réflexion et les résultats de l'expérience nous eureut bientôt démontré la nécessité de cette précaution.

Ne sait-on pas qu'il suffit d'un seul malade sortant de son lit pour troubler le repos de tout un dortoir et même d'un quartier, s'il va tourmenter les autres dans leurs lits, les frapper, les découvrir, ou briser les vitres, ou battre le rappel sur la porte voisine? Ne sait-on pas que la plupart des aliénés turbulents, gesticulent, se découvrent quand ils sont libres, renversent leurs literies, restent exposés plus ou moins partiellement au froid de la nuit, qu'ils se prédisposent ainsi aux maladies considérées comme fréquentes chez les aliénés, pleurésies, pneumonies, engorgements atoniques des membres, etc.

Actuellement nos aliénées agitées (lorsqu'il en est besoin) sont couchées avec la camisole, les bras tantôt fléchis, tantôt allongés le long du corps, des attaches, placées à la ceinture, permettent la ligature d'une sangle apposée d'avance de chaque côté du lit, de manière que la tête et le haut du tronc conservent une certaine liberté, les pieds retenus par l'entrave de toile, sont également assujettis à l'extrémité du lit, enfin, la malade étant bien recouverte, une longue sangle vient serpenter au-dessus de la couverture en s'enroulant sur les barres latérales du lit.

Il est bien rare, dès-lors, qu'une malade ne dorme pas, elle ne peut se découvrir, elle reste chaudement dans son lit et ne trouble pas le repos de ses compagnes. Le bruit a, de ce moment, diminué dans la maison d'une manière très-sensible, autant le jour que la nuit. La mesure a été d'abord largement appliquée, mais bientôt on a pu en diminuer le nombre, car beaucoup d'elles, pour éviter la contrainte qui, si faible qu'elle soit, est toujours une contrainte, beaucoup ont pris le parti de rester calmes et paisibles à leur grand avantage et à l'avantage de toutes les autres.

Il nous était donc démontré que les loges n'étaient pas indispensables à nos aliénées, et M. le Directeur s'est empressé de supprimer dans les combles et au deuxième étage, une série de loges placées dans de très-mauvaises conditions d'aérage et de salubrité. Le plancher de celles du haut était pourri par les urines, tandis qu'à l'étage, le sol asphaltique en était tellement pénétré qu'il répandait une odeur ammoniacale insupportable; bientôt des dortoirs communs bien aérés où règne la propreté, et d'une surveillance facile, ont remplacé ces lourdes cloisons ferraillées, dont l'aspect nous impressionnait tant, et nos malades n'ont pas été plus agitées.

Il nous reste donc actuellement un très-petit nombre de loges situées au premier étage, mais les personnes qui les ont vues, il y a deux ans, ne sauraient certainement plus y reconnaître les cabanons d'autrefois, les énormes verroux ont disparu, les barreaux de fer, si horriblement disposés, ont également été remplacés, des couchettes en fer succèdent aux affreuses planches fixes qui servaient de lit et qu'on ne pouvait nettoyer qu'imparfaitement, l'aspect grossier et raboteux des portes et des cloisons s'est aussi beaucoup adouci. Des serrures légères, un grillage à larges mailles d'un décimètre carré, une peinture étendue sur les boiseries restées brutes jusque-là, ont produit toutes ces métamorphoses; mais ce qu'il y a de mieux, le sol avec ses inégalités, ses fissures, ses détériorations, est aujourd'hui un plancher ciré avec beaucoup de soin, et un épais tapis, qui parcourt la galerie, permet à la surveillance un mutisme complet, en même temps qu'il donne à l'ensemble une certaine coquetterie. Ainsi, plus une seule malade en loge pendant le jour, plus d'humidité, plus d'odeur, plus de bruit, plus rien de la prison, on respire à l'aise, et les visiteurs se demandent comment une telle propreté peut être entretenue avec de pareilles habitantes.

On ne saurait trop le dire et le répéter, nos surveillantes, nos domestiques, ont infiniment moins de peine que par le passé; elles ne voudraient pour beaucoup revenir à l'ancien état de choses; elles s'arrangent de manière à éviter toute atteinte à la propreté, et habituellement elles y parviennent; car il ne faut pas penser que les aliénées soient insensibles aux attentions qu'on a pour elles, nous aurons bien des fois à le dire. Elles deviennent elles-mêmes attentives à la bonne tenue de leur chambre, et les désordres sur ce point sont infiniment rares.

Cependant, tout en nous applaudissant des succès obtenus par le moyen indiqué de tenir les malades au lit, nous en reconnaissions les inconvénients graves, très-graves que nous saurons avouer, c'est que le nombre des aliénées emmaillotées était encore considérable et que toutes ces femmes devenaient forcément gâteuses, c'était fâcheux, pénible, et bien qu'à force de soins, il n'en soit jamais résulté d'accident, nous trouvions que c'était peut-être payer un peu cher le silence et le repos que nous leur donnions. Mais nous allions entrer dans une série nouvelle d'améliorations. La première fut de tirer parti de ce calme même auquel nos femmes étaient habituées pour remonter la pente en sens inverse, et rendre successivement, graduellement, la liberté nocturne à nos pauvres folles : cette expérience réussit non moins complètement que les autres, et nous mit sur la voie de la seconde qu'elle rendit possible et qui consiste à supprimer nos gâteuses, à les rendre propres la nuit comme on était parvenu à le faire le jour pour la grande majorité. Cette tâche, d'une exécution si laborieuse, s'est trouvée résolue par l'admirable dévouement de notre supérieure à qui revient tout le mérite de ce bienfait. Mais que de fatigues pour en venir là ; faire lever *chaque nuit*, à deux ou trois reprises, plus de cent malades, pour les conduire sur le vase ; c'est une opération incroyable, impraticable, si l'on n'a pas en soi cette volonté qui brave les obstacles que rien n'arrête, et si l'on ne parvient à la préparer, en quelque sorte, par des dispositions de prévoyance, futiles en apparence, importantes en réalité, niaises, peut-être, pour l'homme superficiel, mais capitales pour le praticien.

Nos gâteuses occupaient les combles dont les planchers, sans cesse humectés par les urines, par les lavages indispensables, exigeaient de fréquentes réparations (1); elles y étaient disséminées, l'aspect de ces dortoirs était sombre et d'une surveillance assez difficile; les dortoirs carrelés les plus beaux et les plus commodes, étaient réservés aux personnes de l'ate-

_____

(1) Des travaux récents ont fait reconnaître que la charpente était minée par l'humidité.

lier. Tout cela a été renversé, et chacun y a trouvé son compte; les appartements bien carrelés, bien aérés, bien éclairés, ont été consacrés aux gâteuses, et les chambres hautes, à l'aide d'appropriations, à l'aide surtout de notre système d'émulation, sont devenues des dortoirs très-confortables, où nos aliénées paisibles se conduisent parfaitement bien. Par ce fait seul, la surveillance de nuit devenait plus facile, et les infractions à la propreté moins préjudiciables aux intérêts de la maison. Disons, pour ne point trop multiplier les détails, que les gâteuses ont été classées par ordre suivant qu'il fallait les provoquer une, deux ou trois fois à se rendre à la chaise, et que peu à peu les encouragements aidant d'une part, les moyens répressifs, coërcitifs, aidant d'autre part, on fit des progrès rapides, tels que tout un dortoir fût bientôt entièrement rempli de femmes qui se lèvent elles-mêmes et qui redoutent une incontinence dont l'effet serait la privation d'un bon lit, tandis que les récalcitrantes acculées, traquées incessamment, s'améliorent tous les jours, et disparaîtraient enfin si les gâteuses pouvaient entièrement disparaître des maisons d'aliénées.

Pour l'habitation diurne, des mutations ont aussi été opérées. Il y avait dans ce quartier, à l'étage, une place nommée place aux corsets, où se trouvaient, assises à côté de leurs lits, sur les fauteuils percés (cadots), les femmes les plus misérables de la maison, les paralytiques, les aveugles, les infirmes, quelques criardes qu'on voulait isoler du tourbillon, mais qu'on isolait en même temps d'une surveillance efficace; c'était un lieu de passage, il est vrai, mais éloigné des secours que réclament souvent ces malades; si une femme du quartier devait rester au lit tout le jour pour engorgement des pieds ou tout autre accident, c'était là qu'on la reléguait, de sorte qu'on y voyait une infirmerie, moins l'infirmière, moins les soins continuels indispensables à ces infirmités.

Pour parer à cet état de choses, nous avons ramené tout ce monde à l'ancienne infirmerie où les lits ont été disposés *ad hoc*, et afin de remplacer les empiétements faits sur l'infirmerie, nous avons consacré à ce service un dortoir bien aéré, situé à proximité, de manière à trouver réunis, sur un même point, l'infirmerie des malades calmes et celle des gâteuses, l'infirmerie des pensionnaires, la pharmacie et le cabinet du médecin. Quant à la pièce que nous venions d'abandonner, elle restait dortoir, mais simplement dortoir des agitées, qui occupent le dessous, les soubassements. Là aussi, toutes les pièces habitées ont été l'objet d'une grande amélioration hygiénique, c'est le boisement des murailles, de telle sorte que les aliénées sédentaires n'ont plus le dos appuyé contre les murs humides qu'elles s'amusaient à dégrader.

Les soins ont encore redoublé à l'endroit de la propreté, et les femmes conduites régulièrement sur des chaises mobiles ne se salissent que très-rarement, aussi le sol n'est-il plus, comme anciennement, humide et souillé de malpropretés.

LATRINES.

Puisque nous avons abordé ce sujet, disons quelques mots des latrines.

C'est un des problèmes pratiques les plus épineux que leur bonne disposition dans les maisons d'aliénés, et spécialement dans les quartiers agités de ces maisons. Il faut des locaux simples, faciles à surveiller, à proximité des lieux de réunion, par cela même inodores; c'est donc une question très-complèxe qui, dans les établissements peu spacieux, offre des difficultés plus grandes. Nous avons trouvé, en arrivant dans l'établissement, des cabinets situés dans les bâtiments, au centre des services et superposés à chaque étage. On avait essayé, sans succès, différents moyens de ventilation; les appartements voisins, les corrridors étaient remplis d'une atmosphère ammoniacale , qui , sous certaines influences atmosphériques , devenait intolérable. Un autre inconvénient prenait naissance dans l'esprit contrariant de nos malades qui se faisaient un plaisir de jeter chaque jour, dans les lieux, du linge, de la vaisselle, des gobelets, etc., tout ce qu'elles espéraient perdre sans ressource.

Ces cabinets ont été transformés en débarrassoirs très-utiles dans chaque service, et des chaises mobiles, à large base , ont remplacé avantageusement les siéges fixes. Ces meubles sont lavés chaque jour avec grand soin et chargés d'une certaine quantité de dissolution de sulfate de fer ; ils reviennent parfaitement inodores à la suite du personnel, soit dans les cours, soit dans les salles, soit dans les dortoirs. Nous n'avons plus d'odeur, et l'on peut assurer que rien ne se perd plus dans les latrines. On a également fermé dans les cours des agitées , deux orifices qui communiquaient par la fosse avec d'autres ouvertures, et qui, suivant la direction des vents ou de l'insolation , projetaient les émanations au milieu des préaux où les femmes peuvent actuellement respirer un air pur.

Les améliorations matérielles apportées dans le quartier des agitées devaient y introduire des progrès dans le traitement moral. Le nombre des corsets, avons-nous dit, a diminué de plus de moitié et l'ordre n'y a pas perdu. Les sœurs se font une fête aujourd'hui de nous présenter, dès qu'elles le peuvent, un sujet qu'elles ont vêtu de l'uniforme en faisant tomber les entraves, le corset et la blouse. Ces tentatives d'affranchissement nous sont toujours précieuses, et si elles ne réussissent pas du premier coup, si l'on est forcé, après quelques jours , de ramener la pauvre folle aux agitées, il est rare que de nouveaux essais n'aient pas plus de succès; aussi n'y a-t-il que l'ancienne souche qui résiste à ces sollicitations répétées.

Nous avons déjà fait remarquer qu'il y avait dans toutes les divisions de la maison des femmes placées le jour dans un quartier, la nuit dans un autre, ou qui en changeaient suivant leurs caprices. Ces faits se reproduisent dans beaucoup d'asiles. Ils semblent même une nécessité qui découle de la diversité des genres d'aliénations. Cependant, il ne saurait exister de cause plus certaine de désordre, plus subversive d'une bonne surveillance. Nous avons mis tous nos soins à réprimer cet état de choses, et ce n'est pas sans peine que nous y sommes parvenus, car il y avait, sous ce rapport, à vaincre les habitudes invétérées de la partie de la population la plus difficile à manier, précisément à cause de ce laisser-aller; maintenant donc, chaque division a son atelier, son préau, son dortoir, et nulle n'y est admise ou n'en peut sortir sans autorisation.

La division des agitées se trouvait aussi très-peu garantie contre le bruit et le mouvement pernicieux à ses habitantes; dans leur pièce existait l'escalier de toutes les divisions non-paisibles, 150 malades environ. Dans leur cour était la pompe destinée aux nettoyages de toute la maison. Les allées et venues nécessitées par le service des dortoirs, le lavage de la zostère et les prises d'eau pour les autres quartiers ne laissaient pas un moment de repos à ces malheureuses. Elles firent un échange avec les idiotes et les maniaques-chroniques, dont une partie est précisément employée à tous les gros ouvrages dont il vient d'être parlé, et qui venaient se poser, en conséquence, au centre de leurs occupations. Les agitées profitèrent encore, par ce moyen, d'un escalier particulier conduisant à leur dortoir; pour éviter l'encombrement et la confusion qui faisaient notre désespoir, lorsqu'au moment du lever et du coucher tout ce monde, pêle-mêle, se rencontrait sur les degrés du haut en bas de la maison. Nos idiotes gagnaient de leur côté une subdivision qui permettait de séparer des autres les gâteuses soumises aux manœuvres de propreté déjà décrites. Un autre bienfait fût le percement d'une petite fenêtre à bascule munie de verres dépolis, parce quelle s'ouvre sur la voie publique, l'air et la lumière se sont précipités par là dans la pièce en contre bas, et tout exigue, toute insuffisante que soit cette percée, elle en a rendu le séjour infiniment moins sombre et moins insalubre.

Plus tard, nous avons pu profiter de petites chambres, situées sur la rue, pour reconstituer un atelier d'essai destiné aux personnes les plus calmes, les plus propres de ce quartier, et qui ne sauraient encore se comporter convenablement au milieu du grand atelier. Ces femmes, surveillées spécialement par une sœur, ont leur ouvroir, leur réfectoire contigu et les dortoirs au-dessus avec escalier particulier, de telle sorte que les communications sont rares avec les autres catégories.

Encouragés par les succès, que nous obtenions en sous-divisant notre monde, nous avons formé un groupe des plus idiotes, les plus calmes en même temps, pour occuper deux petites places voisines des épileptiques et dont la destination n'avait eu rien de stable jusqu'ici; une sœur encore fut attachée à cette sous-division, et donna tous ses soins à la propreté, à la bonne tenue de ces femmes, si malheureuses jadis au milieu du cahos général; si paisibles et si bien tenues maintenant.

Nous arrivons ainsi à n'avoir dans ce quartier, où tout doit être surveillance, que des emplois composés de 25 à 30 aliénées environ, et nous trouvons à ce mode des avantages très-nombreux dont tout le monde profite.

Dans la division des paisibles, au contraire, nous faisons de la communauté beaucoup plus en grand, et les choses ne vont pas plus mal, comme nous le dirons bientôt.

TRAVAIL.

Nous n'avons pas heureusement à justifier l'importance du travail dans les maisons d'aliénées. Il était ici parfaitement établi, et il nous a suffi d'en étendre l'application. Par la douceur, par la sévérité, ou plutôt par des injonctions itératives, nous avons arraché aux agitées plusieurs infortunées qui comptent aujourd'hui parmi les meilleures ouvrières, et qui suivent les autres comme par *entraînement*; ici comme ailleurs, il y a contagion dans l'exemple. Nous avons souvent remarqué que si une sœur, au milieu d'une section de femmes inoccupées, venait se poser un moment pour travailler à la couture, il était bien rare qu'il ne vint pas une ou deux malades voir ce qu'elle faisait, s'asseoir près d'elle, chercher à toucher son fil, son ouvrage, et finir par se mettre à coudre si on lui donnait une aiguille (Ulysse, à la recherche d'Achille, avait glissé une épée parmi les bijoux qu'il étalait aux yeux des courtisanes); si quelques paroles d'encouragement viennent à propos, ou quelque recompense (1) minime, c'est une ouvrière de gagnée. Au besoin, les remontrances aident à la chose; « on l'a vu travailler, elle sait le faire, elle le peut et nous le voulons. » Bien des fois, nous avons été forcés d'ajourner notre lutte, de refouler nos espérances, par l'occurence de fâcheux accès d'agitation, de manie, de fureur, mais nous ne perdions pas de vue notre ouvrière et nos batteries se démasquaient de nouveau après la bourrasque. Nous avons quelquefois réussi à placer brusquement une de

(1) La rétribution pécuniaire s'opère dans l'asile comme dans tous les établissements de bienfaisance, c'est-à-dire 1/3 pour l'ouvrière et 2/3 pour la maison.

nos agitées au milieu de l'atelier, où elle se trouvait comme
étourdie par le silence et l'activité de ce lieu, et machina-
lement se prêtait à ce qu'on exigeait d'elle. Mais dans bien
des cas, il était impossible d'en agir ainsi, car le nouveau
sujet était une cause de désordre, et elle se pliait avec peine à
la tenue exigée. D'un autre côté, si nous laissions nos néophytes
au milieu des inactives, la contagion de l'exemple la rendait
sourde à nos invitations, réfractaire à nos injonctions. Il
fallait donc un moyen terme, un atelier d'épreuve où elles soient
en petit nombre, surveillées de très-près et initiées aux services
généraux ; cette division dont nous venons déjà de parler
remplirait notre but si elle possédait un préau particulier (1),
quoi qu'il en soit, nos élèves ainsi éloignés du bruit ont offert
cela de remarquable, qu'elles aimaient presque toutes leur
petite division et ne paraissaient au grand atelier qu'avec quelque
regret. Cette prédilection des aliénées et pour le local, tout
triste qu'il soit, où elles ont séjourné, et pour les personnes
qui leur ont donné des soins, est loin de former exception ;
elle s'applique surtout aux entourages de la convalescence, et
comme elle n'est pas appréciable durant l'agitation, la mani-
festation de ce sentiment de reconnaissance peut être considérée comme un progrès intellectuel.

La marche qui vient d'être indiquée n'est cependant pas
toujours applicable, tant il y a de variété dans les formes de
la folie, il en est dont les moments de calme sont trop peu
fréquents pour qu'il soit possible de les placer ailleurs que
parmi les agitées, et dont la bonne volonté ne doit pas être
pour cela perdue lorsqu'elle se fait jour. Elles forment de

---

(1) Nous sommes obligés, dans les beaux jours, de grouper ces femmes
au milieu de la cour de l'atelier et d'exiger qu'il ne se fasse pas de mélange;
bien qu'on y parvienne souvent, ce contact a des inconvénients pour
les deux services.

petits groupes autour de la sœur de service occupée au milieu des autres.

PAISIBLES ET CONVALESCENTES.

Le grand centre du travail est la division, dite atelier : Elle comprend 140 personnes calmes et occupées, suivant leurs capacités, sous la direction de trois sœurs aidées dans ces fonctions, dans les soins de propreté, de ménage, et même dans la surveillance générale, par nos convalescentes les plus intelligentes. Nous entrerons sur ce point dans de plus longs détails, à mesure que le sujet l'exigera. Le travail principal, l'aiguille, comprend toutes les confections de la maison, les raccommodages et un peu de confection pour les magasins. Cette addition utile, pour ne pas laisser de monde inactif, avait été momentanément suspendue, mais des accroissements importants faits à la lingerie laissèrent à cette époque fort peu de chômage. Les tricoteuses, souvent en petit nombre, n'arrivent qu'assez rigoureusement à satisfaire la consommation intérieure.

Nos dentellières, dont quelques-unes très-habiles, sont encore au nombre de 20, et leurs produits sont recherchés. Le service des salles, des dortoirs, les travaux grossiers de la cuisine entretiennent l'activité d'une portion notable de notre personnel. Toute la division fonctionne avec un ordre, un calme et une régularité qui ne laissent rien à désirer, et qui ont souvent frappé d'étonnement les personnes que leur qualité appelait à visiter la maison. Qu'il nous soit donc permis d'entrer dans quelques descriptions, et de les suivre dans leurs différentes évolutions. Les changements dont nous avons parlé plus haut nous ayant permis de placer tout notre monde à la partie supérieure de l'établissement, les planchers ont été cirés avec soin, les lits rangés avec le plus de symétrie possible ; il en est résulté un aspect tout nouveau et très-supportable. Les aliénées ont été casées suivant leur état, directement sous l'œil des sœurs ou couchées près des domestiques, mais partout, dans chaque dortoir, les surveillantes (convalescentes), ont été distribuées de manière à pouvoir rendre à une dizaine de femmes les petits services qui leur sont confiés, les conduire à leur lit, les ramener quand elles s'égarent, leur préparer le samedi soir le linge remis par la sœur de service, reprendre le dimanche matin le linge sâle, le compter pour le remettre à la sœur, indiquer si une femme se plaint ou réclame, etc.

EMPLOI DE LA JOURNÉE.

Aussitôt le lever, toutes doivent faire leur lit, mais il y a beaucoup de maladresse dans notre localité, il y a beaucoup de vieilles femmes ; elles sont suppléées par les surveillantes et les femmes de bonne volonté qui aspirent au titre et aux avantages de la surveillance. Tout le monde attend au pied du lit la visite du médecin, après quoi l'on descend en bon ordre sous la conduite des surveillantes, une rangée, à la fois, pour éviter l'encombrement dans les escaliers. On arrive directement au réfectoire où chacune prend sa place ; au signal donné, on se lève et une sœur récite la prière du matin, les femmes y répondent, puis le service commence ; nous dirons à l'occasion du dîner comment il s'exécute. Le déjeûner terminé, on sort également en ordre du réfectoire pour gagner les différents travaux ; à neuf heures, le service de la maison est terminé, les plus aptes, celles désignées, viennent à la classe où elles se rangent par petits groupes de cinq à six, et sous la conduite des plus avancées, chargées des fonctions de monitrices, elles suivent attentivement, pendant une demi-heure, la lecture ou l'épellation au tableau, d'après la méthode mutuelle; chacune ensuite retourne à sa besogne jusqu'à onze heures, c'est le dîner : on arrive en ordre au réfectoire, on se place et la prière faite, les surveillantes distribuent les aliments comme nous allons l'indiquer, avec quelque minutie qu'on excusera, nous l'espérons.

RÉFECTOIRE ET REPAS.

Il semble, au premier abord, que ce soit une chose bien indifférente en elle-même que la manière dont sont disposées les tables dans le réfectoire et la manière dont est servi le repas d'une division d'aliénées. Il y a loin cependant de ce que nous voyons aujourd'hui avec ce qui existait, et cette différence matérielle pouvait seul nous aider dans nos projets. Le réfectoire dont nous parlons est une pièce irrégulière de 15 mètres sur 7 en moyenne, elle est éclairée d'un seul côté. Les tables longues et étroites s'y trouvaient disposées avec leurs bancs autour des murailles, au centre, en long, en large, partout, et au moment du service, deux femmes portant la chaudière suivaient la sœur qui, prenant l'assiette de chaque malade, y versait la portion de potage et recommençait la tournée pour le ragoût. Cet état n'était pas mal en lui-même, mais il entraînait beaucoup de lenteurs, de confusion, une surveillance difficile, et il y avait surtout quelque chose qui s'écartait de nos usages privés. Nous avons entrepris de changer tout cela, d'habituer chacune à une espèce de manœuvre régulière, et grâce à la patience de nos sœurs, nous avons réussi.

Les tables et leurs bancs sont toutes disposées maintenant

sur un côté de la salle, de manière à recevoir le jour uniformément; leur extrémité appuie à la muraille et l'autre
aboutit à un passage resté libre; par suite de la disposition
des locaux, nous avons été amenés à les poser de telle sorte
qu'elles se regardent deux à deux, les bancs extérieurement,
et entre-deux un espace pour le service; neuf aliénées sont
placées à chaque table, une dixième à l'extrémité du côté du
couloir, est assise sur une chaise : c'est une première
distinction. Ces personnes, on l'a déjà compris, sont les plus
raisonnables, ce sont nos *convalescentes*, ce sont nos *surveillantes*, c'est une dignité qui mène à la sortie, à la liberté ;
aussi nos titres et nos fonctions sont-ils ambitionnés et
chaudement recherchés; elles font là leur apprentissage de
la vie de famille, c'est sur elles que va rouler le service de
toutes les tables; elles ont d'avance dressé le couvert, elles
ont d'avance été chercher à la cuisine les mets, le pain, la
boisson; elles ont fait descendre et placer chacune leur
section, et, après la prière dite à haute voix et au milieu d'un
silence complet, par la sœur de service, elles viennent à une
table placée dans le passage libre et sur laquelle tout a été
déposé avec ordre, elles y prennent le pain divisé d'avance et
le distribuent; puis chacune revient prendre à son tour
les portions faites par les sœurs, de potage et de ragoût néces-
saires à sa table et se met elle-même à sa place, quand tout le
monde est servi; elles font de la même manière la distribution
de la bière en parcourant la table avec le *broc classique*. Si une
femme redemande d s ments, la surveillante arrive; s'il en
est une qui ne mange pas ou ne se conduit pas convenablement,
la surveillante prévient la sœur qui va s'enquérir des motifs
et rétablir l'état normal par ses encouragements, sans cesser,
pour cela, d'avoir l'œil sur toute la salle; au signal donné, la
prière finale fait lever tout le monde, on défile dans l'ordre
rigoureux du classement, et les surveillantes reviennent
achever les soins du ménage.

Le service des tables au quartier des idiotes tranquilles n'est pas aussi complet à cause du manque de capacités, mais déjà nous avons vaincu la plus grande difficulté, celle de les amener à table, de les y tenir , de les y servir tour-à-tour; c'était autrefois un cahos que les repas, chaque malade était servie où elle le voulait, se déplaçait à sa guise, jetait ses aliments, prenait une, deux portions, ou bien elle s'en passait si elle ne venait pas, et cela malgré toute l'attention et l'activité des préposées. Comment, en effet, se reconnaître dans un tourbillon de 60 ou 80 folles? Nous savons bien que les choses allaient tout de même, mais il y avait mieux à faire.

Quant aux agitées, il a été jusqu'ici impossible de les mettre à table, pour la plupart du moins.

Le service aux pensionnaires avait déjà reçu une heureuse modification, au lieu de diviser à la cuisine les portions toutes préparées, M. le Directeur avait fait apporter les pièces entières pour les découper à table, ainsi que cela se pratique dans nos ménages; c'était encore un avantage que de proportionner à l'appetit connu de chacune la portion qu'on leur offre; nos soins se sont bornés à exiger que chaque malade vint se mettre en place à l'heure et y restât jusqu'à la fin, sans permettre les déplacements facultatifs.

Pour les pensionnaires agitées, nous avons encore les plus grandes difficultés à les maintenir à table, ce que l'on gagne un jour, se perd souvent le lendemain ; nous serions plus heureux si les locaux se prêtaient à une classification plus parfaite.

Mais revenons à la division de l'atelier; après le repas, une promenade est effectuée en bon ordre, deux à deux, autour de la cour, cette promenade est d'autant plus nécessaire que les ouvrières à l'aiguille sont naturellement sédentaires, et il faut les contraindre à se mouvoir. Les surveillantes ont encore à maintenir la tenue de cet exercice en ramenant dans les rangs celles qui s'en écartent.

Les travaux sont ensuite repris, soit dans l'atelier, soit sous les arbres quand la saison le permet. On prend encore, soit après le dîner, soit avant, une demi-heure consacrée, tantôt à une lecture faite à haute voix, tantôt à quelques chants en chœur que l'on écoute généralement avec plaisir.

A cinq heures, le souper se passe avec la même régularité, et le travail revient jusqu'à huit heures, où l'on regagne le dortoir dans le même ordre.

RÉGIME ALIMENTAIRE.

Il eût été difficile d'apporter des améliorations dans le régime alimentaire de la maison ; la qualité, le choix, la variété même des denrées, ont depuis longtemps attiré toute la sollicitude de l'Administration ; Directeur, Économe, Médecin, chacun veille sur ce point. Nous avons seulement adressé une réclamation qui fût immédiatement accueillie et approuvée par l'autorité. Nos indigentes n'avaient de la bière que trois fois la semaine, une tisane de tilleul la remplaçait aux autres repas ; nous étions surtout frappés de la répartition qui l'excluait précisément les jours maigres, alors que la nourriture, moins stimulante, rendait la digestion plus laborieuse. Dans les habitudes de notre département, les boissons excitantes sont d'un usage tellement général et utile, que la bière est remplacée dans les classes inférieures et surtout pour les femmes par l'infusion du café prise souvent avec profusion ; nous avons pensé qu'il était prudent de respecter ces usages, alors que les pertes produites par l'activité cérébrale étaient par elles-mêmes débilitentes.

L'autorisation nécessaire fut bientôt accordée, et nos aliénées ont aujourd'hui leur verre de bière légère à tous les repas.

L'hygiène générale et le régime alimentaire ont une part bien large dans les résultats obtenus, et nous devons, sans doute, à cet état de choses, l'immunité dont nous avons joui à l'époque du choléra de 1848 à 49, comme on en avait également été exempt durant l'épidémie de 1832, alors que presque tous les établissements hospitaliers de la ville ont été visités par l'épidémie.

EXERCICE RELIGIEUX.

Au nombre des exercices qui ont encore appelé notre attention au point de vue de la discipline, nous placerons aussi ceux relatifs au culte. Afin d'obtenir plus de calme dans la chapelle, nous avons, partout où nous l'avons pu, substitué les bancs aux chaises, dont le mouvement bruyant était un objet de désordre. En retournant, en poussant sa chaise, une femme heurtait sa voisine, l'irritait quelque fois et donnait ainsi lieu aux discussions, aux rixes qui n'arrivent plus ; on vient en rang et on se retire en rang. De plus, une tribune nouvelle a été ouverte dans un passage et disposée de manière à favoriser la ventilation qui était insuffisante. Cette addition nous permet d'admettre à la chapelle un plus grand nombre de malades, c'est pour elles à la fois une récompense, une distraction et un moment de calme : elles s'y comportent toujours avec convenance.

Nous avons aussi tenu à ce que les prières, dites en commun, soient marquées par un grand recueillement. Elles ont été introduites dans le quartier des agitées, et c'est souvent, avec l'heure du repas, le moment du plus grand calme ; toutes les malades de la section n'y prennent point part. Il est vrai, mais il en est beaucoup qui se croiraient très-coupables de troubler la prière.

LINGERIE.

S'il est important, pour tout établissement hospitalier, de
posséder une quantité suffisante de linge pour parer à l'im-
prévu comme aux prévisions, cette richesse devient pour un
asile d'aliénées la pierre angulaire de l'hygiène; aussi
l'attention de l'administration s'est-elle portée sans cesse
vers les accroissements qui assurent le service le plus com-
pliqué dans les limites de notre population ; dans ce but, des
appropriations de locaux ont permis de caser toutes choses
méthodiquement pour en faciliter la distribution. A cet égard,
une amélioration importante vient encore de se produire dans
le service de la lingerie ; malgré l'excellente tenue de la
comptabilité d M. l'Econome, en cette matière comme en
toute autre, les distributions étaient confusément faites ; les
femmes, les domestiques, les sœurs venaient chercher et
apporter le linge pêle-mêle et sans ordre, sans compter, au
gré de chacune. On portait dans chaque quartier un fardeau
de linge, là, c'était à qui prendrait plus ; telle femme avait
4 ou 5 jupons aux dépens des voisines, 5 ou 6 mouchoirs,
3 ou 4 paires de bas l'une sur l'autre, des bonnets suspendus
en guise de poches, du linge de toute nature accumulé sur
la poitrine, à la ceinture, dans les bas, sur la tête ; puis l'on
rendait, toujours aux femmes qui s'étaient laissées dépouiller
sans chercher où étaient passées les pièces réclamées ; c'était
profusion de linge souillé, gâté, arraché, détérioré, égaré
dans tous les coins, cela faisait souffrir ; le désordre était là
comme il avait été dans les services des femmes, mais bien
plus difficile à déraciner parce qu'il avait des ramifications
profondes et qui touchaient à tous les services à la fois, parce
que l'extirpation semblait blesser tout le monde, aussi a-t-il

fallu longtemps avant d'oser l'entreprendre ; mais une fois le moment jugé favorable, tout s'est fait comme par enchantement, et les sorties comme les entrées à la lingerie s'effectuent avec un ordre et une précision mathématiques. Il a suffi pour cela de la volonté active et toujours dévouée de notre sœur supérieure.

Ce progrès important est encore si récent, que nous aurions quelque défiance sur son avenir, s'il n'arrivait déjà, ce qui a lieu pour toutes les mesures d'ordre réel et d'utilité franche : c'est que tout le personnel trouve son service simplifié de beaucoup et infiniment plus agréable. C'est donc une acquisition sur laquelle nous pouvons compter. Partant les accaparements ont disparu, le linge ne traîne plus, rien ne se perd, ne se salit inutilement, et cela tourne encore au profit de la surveillance et du bien-être général.

MÉDICAMENTS.

Une pharmacie, ou pour mieux dire un dépôt des médicaments indispensables aux premiers besoins, comme à la préparation des tisanes, a été formée par la réunion de toutes les substances qui se trouvaient disséminées dans les armoires de droite et de gauche, en haut, en bas, confusément oubliés, négligés, détériorés. Il fallait, pour préparer la moindre potion anodine, courir avec les poids, les balances, de coin en coin dans un corridor où le service amène un grand mouvement. Les curieuses, le bruit, le désordre pouvaient donner lieu à des erreurs regrettables.

Maintenant, nous avons un cabinet de 4 mètres carrés où tout est réuni, rangé, enfermé avec soin, où l'on trouve aussi le calme, le recueillement indispensables aux préparations les plus simples. Une sœur très-intelligente est chargée de la distribution, sous l'œil du médecin, et les médicaments composés sont préparés chez un pharmacien de la ville. Par des visites régulières, le jury médical s'assure de la qualité des médicaments.

Ainsi se trouve résumé l'ensemble des soins de famille dont nous avons entouré les malades qui nous ont été confiées (1). Nous allons étudier maintenant l'asile au point de vue statistique et médical, en appréciant au fur et à mesure les faits qui se dérouleront sous nos yeux.

(1) Nous n'avons point la prétention de donner comme parfait le parti que l'on a tiré des dispositions actuelles de la maison ; nous savons que bien des modifications sont encore désirables, si l'établissement doit être maintenu plus longtemps où il est : Ainsi, pour ne citer que quelques exemples, nous aurions à demander que la cour principale soit soumise à un remaniement, à un nivellement qui facilite l'écoulement des eaux dans les grandes pluies, et qui la rende moins difficile pour les malades, dont beaucoup, par suite de l'âge avancé ou d'un état paralytique, trébuchent en marchant. Il y aurait à désirer que dans les deux quartiers paisibles, celui des pensionnaires et celui des indigentes, les cages d'escaliers soient allégées des barres grossièrement disposées, qui rappellent trop la réclusion, pour être ornées de grillages plus légers et dissimulant mieux l'idée coërcitive et préservative à la fois qui ne permet pas de les supprimer entièrement.

L'une des pièces du soubassement, malgré la percée utile qui a été faite, en réclame une seconde, à verre dormant, s'il est nécessaire ; un tuyau d'appel y serait aussi utile au renouvellement de l'air.

Le quartier des pensionnaires agitées, malgré les grandes améliorations qu'il a subies, pourrait encore en recevoir par l'aération des chambres à la partie supérieure, au-dessus des portes.

Le soubassement de ce côté où se trouvent les anciennes loges abandonnées est resté jusqu'ici sans destination, et il faut convenir que les voûtes dont sont chargées les cloisons des cellules, sont un grand obstacle à l'appropriation du local.

Il est bien évident que le provisoire où l'on est depuis longtemps et qu'on espère voir cesser chaque année, ne permet pas des entreprises onéreuses auxquelles on ne se soumet qu'alors qu'elles sont jugées indispensables

MOUVEMENT GÉNÉRAL.

Tableau synoptique du mouvement de l'Asile, de 1847 à 1851.

La population de l'Asile public d'aliénées de Lille, pendant les cinq années qui viennent de s'écouler, a donné lieu aux mutations suivantes :

Années.	Au 1.er janvier.	Admissions.	Guérisons.	Sorties div.	Décès.	Au 31 décemb.	Différence.	Observations.
1847	339	71	22	54	31	303	36	
1848	303	54	13	13	25	306	3	
1849	306	53	22	11	16	310	4	
1850	310	82	16	15	25	336	26	
1851	336	87	38	3	36	346	10	
Total de 5 ans.	347	111	96	133	»	7	
			207				

Le total des aliénées traitées dans l'asile durant cette période est donc de (1) 686. Les sorties effectuées en 1847 pour causes diverses paraissent échapper au mouvement habituel de l'établissement. Cela est dû : 1.º au transfert à Saint-Venant des aliénées provenant du département de l'Aisne, par mesure administrative ; 2.º au renvoi dans leurs foyers des malades les moins dangereuses par suite de l'insuffisance des locaux.

ADMISSIONS.

Les admissions pendant notre période quinquennale se sont, avons nous vu, élevées au nombre de 347, et à travers des oscillations, elles arrivent, l'an dernier, au chiffre de 87.

(1) 339 au 1.er janvier 1847, plus 347 admissions.

La répartition entre les mois s'est effectuée d'une manière à peu près uniforme, ainsi qu'on peut s'en convaincre par le tableau suivant ; il est bon de remarquer que la moyenne serait de **29** pour chaque colonne correspondante aux mois ; il n'y a donc lieu à aucune observation relative à l'action de la température, bien que le mois de février ne donne que **22** entrées, car on arrive, en réunissant les six mois d'hiver, au total de **175** qui est justement la moitié de **347**.

ADMISSIONS SUIVANT LES MOIS.

D'après les mois pendant lesquels se sont effectuées les admissions, on trouve :

Années.	Janvier.	Février.	Mars.	Avril.	Mai.	Juin.	Juillet.	Août.	Septembre.	Octobre.	Novembre.	Décembre.	TOTAL.
1847..	7	3	6	5	8	8	5	5	6	5	7	6	71
1848..	5	3	2	6	6	5	2	3	6	6	4	4	54
1849..	3	2	7	6	4	8	3	6	4	3	3	4	53
1850..	4	7	10	1	2	9	10	8	8	8	8	7	82
1851..	11	7	9	8	7	6	7	5	5	8	8	8	87
	30	22	34	26	27	36	27	27	29	30	30	29	347

Considérées sous le rapport des lieux d'où elles proviennent, nos admissions donnent seulement **29** malades non fournies par le département du Nord ; ce sont presque toutes pensionnaires. L'ensemble est réparti comme suit :

	1847	1848	1849	1850	1851	Totaux.
Dép.ᵗ de l'Aisne . . .	»	1	»	»	1	2
» de la Moselle .	»	1	»	»	»	1
» du Nord. . . .	64	50	45	79	80	318
» du Pas-de-Cal.	3	1	6	2	4	16
» de la Seine . .	1	»	»	»	»	1
» de la Somme .	»	»	»	1	2	3
Belgique	1	»	»	»	»	1
Suisse	1	»	»	»	»	1
Lieux inconnus . . .	1	1	2	»	»	4
Totaux. . .	71	54	53	82	87	347

Si nous examinons dans le département quels sont les arrondissements qui en fournissent le plus, nous retrouvons l'industrieux arrondissement du chef-lieu peuplant à lui seul la moitié de l'asile, tandis que l'arrondissement d'Avesnes n'y figure que pour la dix-huitième partie. En se reportant à la population féminine de ces arrondissements, on trouve pour la ville de Lille une aliénée sur 1,090 personnes du sexe, et dans celui d'Avesnes une aliénée sur 3,785 seulement; en d'autres termes, il y aurait d'après ces chiffres près de quatre fois plus de probabilités de perdre la raison dans l'arrondissement de Lille que dans celui d'Avesnes.

La répartition s'établit comme suit :

	1847	1848	1849	1850	1851	Totaux.	Population de l'arrond.ᵗ	Proportion.
Avesnes	5	2	3	5	4	19	71,933	1s. 3,785
Cambrai	3	4	4	9	7	27	87,214	» 3,230
Douai	6	1	3	10	3	23	50,124	» 2,179
Dunkerque . .	7	2	4	9	8	30	53,587	» 1,786
Hazebrouck . .	5	2	6	7	8	28	52,499	» 1,874
Lille	32	33	20	37	47	169	184,251	» 1,090
Valenciennes .	6	6	5	2	3	22	77,023	» 3,500
	64	50	45	79	80	318	576,631	

Si nous ajoutons à nos admissions la population de l'asile au 1er janvier 1846, on trouvera des résultats bien plus défavorables encore à l'arrondissement de Lille.

	Existaient au 31 déc. 1846.	Admissions de 1847 à 1851.	Totaux.	Comparé à la population féminine des arrondissem.[a]	Observation.
Avesnes	11	19	30	1 aliénés sur 2,397	[a] Extrait de la statistique précédente.
Cambrai	15	27	42	» 2,076	
Douai	21	23	43	» 1,165	
Dunkerque . .	18	30	48	» 1,116	
Hazebrouck . .	16	28	44	» 1,196	
Lille	212	169	381	» 483	
Valenciennes .	23	22	45	» 1,710	

L'âge de nos arrivantes confirme la loi générale d'une plus forte proportion d'aliénées vers 35 ans.

Le petit nombre d'admissions avant 20 ans, c'est-à-dire de 16 à 20 ans, indique par avance que nous sommes dans le Nord exempts d'idiotes, ou du moins qu'il n'y en a qu'un petit nombre. Il est au contraire remarquable que nous recevons chaque année bon nombre de vieilles femmes que leur agitation, leurs cris, leurs habitudes de se mêler du ménage, de s'approcher du feu, de se promener le soir ou la nuit avec des chandelles, rendent gênantes ou même dangereuses tant pour elles-mêmes que pour les autres. Elles se calment souvent dans la maison, sous la règle générale et en l'absence de toute excitation, mais elles retombent dès qu'on veut les rendre à leurs relations premières.

Récapitulation par âge des admissions.

Ages.	1847	1848	1849	1850	1851	Totaux.
Avant 20 ans	3	3	2	5	»	13
De 20 à 30 ans	11	10	12	18	21	72
De 30 à 40 ans	19	12	10	19	14	74
De 40 à 50 ans	17	8	12	15	26	78
De 50 à 60 ans	9	9	8	12	18	56
De 60 à 70 ans	7	9	4	4	6	30
De 70 et plus	1	2	2	4	2	11
Age inconnu	4	1	3	5	»	13
	71	54	53	82	87	347

L'état civil de nos malades admises pendant ce laps de temps porte :

Etat-civil.	1847	1848	1849	1850	1851	Totaux.
Célibataire	30	24	19	38	41	152
Mariées	24	19	25	30	34	132
Veuves	13	8	7	13	12	53
Etat inconnu	4	3	2	1	»	10
	71	54	53	82	87	347

Les célibataires sont en majorité, et elles conservent la supériorité de nombre dans les guérisons et même dans les décès, mais d'une manière moins sensible.

C'est qu'en effet, nous avons ici les filles dont l'intelligence a depuis plus ou moins longtemps été compromise, et qui, par conséquent, n'ont pu contracter mariage ; beaucoup de ces dernières ne guérissent pas et augmentent le noyau de la population.

Les veuves, au contraire, qui forment ici le septième des admissions, fournissent un cinquième dans les décès, et seulement un dixième dans les guérisons.

La population féminine du département compte :

328,996 célibataires;
198,695 femmes mariées;
48,940 veuves.

Ce qui donnerait 1 aliénée sur **2,164** des premières ;

»   1   »   **1,126** femmes mariées ;

»   1   »   **923** veuves.

Or, il faut considérer que nous n'avons dans l'asile aucune aliénée ayant moins de 16 ans, ce qui renverse entièrement la proportion des admissions, de manière à donner aux femmes mariées une immunité relative.

L'état de veuvage est souvent accompagné d'un âge avancé qui pèse sur le mouvement des asiles.

D'après les professions.

	1847	1848	1849	1850	1851	Totaux	
Culte (Religieuses)	1	»	»	1	2	4	
Médecine (Sage-femme). . .	»	»	1	»	»	1	
Belles lettres (Institutrice). .	»	»	»	»	2	2	
Rentières, propriétaires. . .	15	7	8	7	5	42	
Artistes	»	»	»	1	»	1	
Marchande en détail.	»	1	2	2	2	7	
OUVRIÈRES EN — Filature, tissus, (fileuses, dévideuses, tisseuses, tricoteuses)	1	1	2	8	9	21	40
Dentellières	4	2	2	7	4	19	
Cuirs (femme de tanneur)	»	»	1	»	1	2	
Teinture (blanchisseuses)	»	»	»	»	3	3	
Comestibles, boissons. .	1	2	»	»	»	3	
Objets d'habillements (couturières, brodeuses)	5	5	9	8	9	36	
Travaux aratoires (fermières).	1	3	4	2	2	12	
Batelières.	1	»	2	»	»	3	
Domestiques.	5	4	»	5	8	22	121
Femmes de peine, journalières.	7	8	7	11	15	48	
Id. id. ménagères. .	15	10	6	13	7	51	
Sans profession.. . . . . . . / Professions inconnues.	15	11	9	14	15	64	70
Mendiantes.	»	»	»	3	3	6	
	71	51	53	82	87	347	

En parcourant, sans tenir compte des commentaires, le tableau des professions, on trouverait d'abord que les rentières sont bien maltraitées puisqu'elles figurent pour près du huitième dans nos admissions; cela vient de ce que l'on donne (comme partout, sans doute), le titre de rentière à toutes les filles ou femmes qui possèdent et qui ont toujours été incapables de quoique ce soit, ou qui le sont devenues après avoir exercé une profession quelconque. Les marchandes en détail, la classe moyenne, le petit commerce (*honesta mediocritas*), d'après notre relevé se soustrait évidemment à l'action des causes déterminantes de la folie; sept admissions seulement sur 347, quand le cinquième environ de notre population lilloise, celle qui fournit le plus à l'asile, est composée de petits marchands.

Nos chiffres confirment ainsi les observations de nos devanciers, de nos maîtres dans l'étude de l'aliénation mentale.

Sous le titre de filatures et tissus, se trouvent accumulées 40 admissions, le huitième encore de notre total. Il y a là en effet des souffrances permanentes; il y a une industrie qui s'agite au milieu des commotions de la hausse et de la baisse, c'est la filature dans son ensemble; puis à côté une industrie qui se meurt dans l'ombre, dans l'épuisement, dans l'indigence, c'est la dentelle; 19 dentellières qui viennent en 5 ans trouver place parmi les folles, et cependant que de calme apparent dans ce travail, il se fait près du foyer domestique, un carreau sur les genoux, quelques fuseaux légers, quelques épingles, un mouvement uniforme des doigts qui s'agitent mécaniquement par habitude contractée dès l'enfance: mais combien lent est le résultat! Comme les aiguilles sur la pendule, il faut les observer longtemps et fixer un point de repère pour saisir la progression du travail. Aussi sous cette immobilité apparente et superficielle, sous cette

chansonnette nazillarde trouverait-on souvent bien des
soucis, bien des inquiétudes ; car si le grand monde tient à
se parer de dentelles, il tient encore plus à ne pas les payer
cher, et l'ouvrière malgré l'assiduité de son labeur ne
peut vivre si elle n'a pas acquis une habileté rare dans son
genre.

On se demande naturellement pourquoi ne pas abandonner
un travail aussi ingrat et passer à une industrie plus pros-
père? Mais ces femmes sont entièrement incapables de tout
autre occupation, et leurs doigts se prêtent mal aux opérations
les plus simples ; à ce point que beaucoup des nôtres ne
savent pas même faire leur lit d'une manière convenable
après des leçons répétées chaque jour. En réalité il se forme
peu d'élèves dans cette partie qui tend à disparaître, et tout
porte à croire que l'équilibre se rétablira dans quelques
années.

Parmi les ouvrières en objets d'habillement et de luxe, nous
trouvons les couturières et les brodeuses au nombre de 36. C'est
encore une industrie locale qui s'étend à l'arrondissement; la
couture des sarraux et la broderie qui orne les ouvertures du
col et des manches, occupent, dans les environs de Lille et dans
la ville, une grande partie des femmes et des jeunes filles. C'est
principalement l'hiver que les campagnes viennent chercher à
Lille, soit dans les grandes maisons, soit chez les *tacherons* qui
se chargent de faire travailler moyennant retenue, les douzaines
de sarraux qu'elles confectionnent en famille. Une vive concurrence fait baisser successivement ce travail dans lequel
les bonnes ouvrières peuvent sans doute gagner, mais où lan-
guissent les médiocrités et les inhabiles ; puis, de temps à autre,
le travail cesse tout-à-coup ou bien il abonde, et l'on passe les
nuits, toutes causes d'agitation et de désordre intellectuel.

Si nous passons à la cohorte des femmes de peine, journalières, domestiques, ménagères, nous sommes effrayés du

total qu'elle présente; 121, près du tiers de nos arrivantes. Il est vrai qu'elles sont en bien grand nombre dans le département, on en compte 84,371 , soit le septième des femmes, ainsi la proportion des aliénées est encore exorbitante. S'il faut reconnaître que les domestiques, les journalières ont souvent à souffrir; quelquefois occupées, quelquefois sans ouvrage, elles ont à se plier aux différents caractères des personnes qui les emploient. Elles vont de temps à autre dans les fabriques tenter la fortune, car la fabrique donne plus en argent comptant, puis au premier chômage, elles cherchent une condition; de telle façon, qu'à la rareté ou à la grande quantité de filles se présentant comme domestiques, on peut juger du degré de prospérité de la fabrication ; ces alternatives doivent influer sur les facultés mentales.

On désigne souvent comme ménagères les femmes qui, sans profession spéciale, font leur ménage ou vont le faire chez les autres, et consacrent à la couture des sarraux, le surplus de leur temps.

Parmi les femmes sans profession , nous avons rangé celles qui nous ont été désignées comme mendiantes, et dont le nombre semble s'accroître chaque année. Il y a dans le titre sans profession l'analogie du mot rentière pour les pensionnaires, cette série de malades qui n'ont jamais rien fait ou qui ont cessé de travailler depuis longtemps.

Causes.	1847	1848	1849	1850	1851	Totaux.	Observations.
Effets de l'âge.....	»	2	3	6	6	17	
Idiotisme..........	»	2	»	»	1	3	
Irritabilité excessive	»	»	2	1	4	7	
Excès de travail...	»	»	1	»	»	1	
Dénuement........	»	10	6	8	15	39	Isolement, misère, quelques cas de vol.
Onanisme........	»	»	1	»	2	3	Abus vénériens.
Maladie de la peau.	»	»	»	»	»	»	
Coups, blessures..	»	»	»	»	1	1	
Hérédité........	»	»	2	4	»	6	
Syphilis.........	»	»	»	»	»	»	
Hydrophalie......	»	»	»	»	»	»	
Epilepsie,convulsion	»	»	4	2	3	9	
Fièvre...........	»	4	4	8	5	21	Suites de couches, lactation.
Emanation de substances malfaisantes.	»	»	»	»	»	»	
Abus de liqueurs..	»	»	1	»	3	4	
Amour, jalousie...	»	2	5	6	5	18	
Chagrin..........	»	9	13	17	19	58	Perte d'enfants, de parents, frayeur de maladies, chagrins domestiques, revers de fortune, naustalgie.
Evénement politique	»	3	»	1	»	4	
Ambition........	»	2	3	»	3	8	
Orgueil..........	»	»	»	»	»	»	
Religion mal entendue...........	»	3	2	3	6	14	
Aliénation simulée.	»	»	»	»	»	»	
Causes inconnues..	»	17	6	26	14	63	
		54	53	82	87	276	

L'étiologie de l'aliénation mentale est d'autant plus obscure que nous devons presque toujours nous en rapporter aux personnes inexpérimentées et souvent prévenues ou intéressées à déguiser les faits, qui nous confient leurs malades. Il est cependant des causes tellement évidentes, tellement répétées, tellement immédiates, qu'elles n'échappent à personne. Nous nous sommes efforcés de les classer d'après le cadre demandé chaque année par l'Administration, parceque nous pensons que tout défectueux, tout insuffisant que soit le programme, il est préférable à une classification propre à chaque auteur et incomprise, ou du moins inadmissible dans toutes les localités; nous pensons d'ailleurs qu'il suffit d'exposer, par quelques notes, les élements composants les groupes indiqués. A défaut de renseignements satisfaisants sur 1847, nous avons dû nous renfermer dans les quatre années suivantes.

Nous avons eu déjà à nous arrêter sur l'âge de nos arrivantes ; sur 277 on n'a pu rapporter 17 cas de perversion intellectuelle à la décrépitude organique.

La misère, et surtout la misère dans la solitude, dans l'isolement, nous a souvent été signalée. La misère a quelquefois poussé au vol, le vol conduit à la prison, et la prison s'ouvrait pour verser une aliénée de plus dans l'asile. Ce fait s'est présenté plusieurs fois pendant que la maison centrale de Loos renfermait les deux sexes, avant les dispositions qui la consacrent exclusivement aux hommes.

Une autre forme de l'isolement est aussi le dénuement, bien qu'elle ne soit pas la misère : l'inaction, après une vie agitée, la solitude, après une vie en commun, agissent comme la misère, tout manque à ces personnes, il y a vide autour d'elles.

Bien des maladies ont dû se grouper sous les titres fièvres, etc. Nous avons dû y faire entrer les affections mentales qui se rattachent à la gestation et à ses suites.

L'amour et la jalousie donnent naissance à de nombreux écarts de l'imagination.

Mais combien se pressent en grand nombre les chagrins dans l'existence d'une femme ! Ses enfants, ses parents, son époux, les parents de celui-ci, leur perte sous ses yeux malgré les soins, la frayeur causée par la maladie de l'un d'eux, leur mort brusquement apprise; puis dans un autre ordre de faits, les différents caractères de tous ces personnages avec lesquels elle doit vivre dans l'intimité et qui exercent à tous les instants une action plus ou moins corrosive ; les revers de fortune, la naustalgie sans pitié, tout, tout vient retentir au cœur du ménage et frappe ou prédispose.

Les événements politiques n'ont pas une action bien directe sur notre mouvement, et l'on a plusieurs fois abusé de ces circonstances pour dissimuler d'autres causes. Les perturbations commerciales, les déplacements d'industries, la baisse des salaires ont dans notre localité paru réagir avec bien plus de puissance sur les intelligences. Nous avons dit, au titre des professions, quelles sont celles qui ont eu surtout le plus à souffrir, et le classement par arrondissement de nos arrivantes, démontre le même effet.

Les scrupules religieux dans leur exagération ont une influence très-marquée, très-générale sur la population de l'asile des femmes, et, bien qu'ils ne soient pas indiqués plus de quatorze fois dans la récapitulation des admissions, nous voyons l'exaltation religieuse former très-souvent une des variétés, l'une des premières phases de la manie aiguë pour être remplacée plus tard par d'autres errements.

Malgré tous nos soins, beaucoup de causes nous échappent, et nous préférons le déclarer que de multiplier les erreurs.

Mais ce serait négliger l'une des plus puissantes prédispositions à la folie que d'omettre l'héridité, l'héridité directe, l'héridité croisée, l'héridité rémittente. On nous trompe autant que l'on peut à ce sujet, et cependant, les renseignements obtenus dans les asiles sont de nature à introduire peut-être un jour des modifications dans la législation.

Notre présence constante aux visites que les parents font aux malades, nous a mis sur la voie de recherches d'un ordre tout voisin de celles-ci ; il ne s'agit plus d'une cause, mais d'un effet, d'une attraction sympathique, de la fréquence enfin des unions entre personnes de même valeur intellectuelle. Les maniaques et les imbéciles, en puissance de maris, reçoivent assez souvent les visites d'un conjoint qu'un rien sépare de la folie.

GENRE DE MALADIE.

Nous avons hésité, disons-le, devant les difficultés d'une classification qui satisfasse l'esprit et qui n'égare point les recherches de la statistique. Comment exposer clairement ces variétés nombreuses, aussi multipliées que les caractères, ces transformations de manière d'être , qui se succèdent quelques fois dans le cours d'une maladie mentale ou qui s'accumulent, pour ainsi dire, chez le même individu ; ainsi la manie, les hallucinations et les idées de suicide se rencontrent dans le même sujet ; ou bien c'est le dément qui cherche à se nuire, ou bien à l'exaltation religieuse succède un délire général avec emportements, sarcasmes, jurements, etc. Comment classer tout cela pour ne pas faire double emploi, et ne pas diviser la matière en autant de sous-genres qu'il y a de sujets ; nous n'attachons donc qu'une importance fort limitée aux sous-divisions que nous avons établies.

Admissions classées d'après la forme de l'aliénation.

Manie	26	*Report.* . .	136
— aiguë	15	Manie intermittente ten-	
— chronique	11	dant à la dé-	
— exaltée.	14	mence	1
— turbulente agitée .	26	— avec stupeur . . .	2
— raisonnante. . . .	16	Monomanie	9
— ambitieuse	6	— suicide.	7
— hallucinée	16	— religieuse.	12
— remittente	6	— nymphomanie . .	10
A reporter . .	136	*A reporter.* . . .	177

Report . . . 177		*Report.* . . . 277	
Mouomanie démonomane	2	Démence maniaque . .	10
— avec épilepsie. . .	1	— sénile	10
Lypémanie	13	— avec épilepsie . . .	8
— avec hallucination.	10	— paralytique	21
— avec suicide . . .	10	Idiote.	5
Imbécilité.	5	— épileptique	5
— maniaque.	21	Nivrose épileptiforme .	1
Démence à divers degré	38	Non aliénée	2
A reporter. . . 277		Total.	339

PRODROMES.

Les malades indigentes qui nous arrivent ont souvent été soumises à un examen préalable dans un hôpital par suite d'un arrêté préfectoral reproduit dans la statistique précédente; cet examen dure plus ou moins longtemps, de huit jours à six mois.

Il est très-rare que nous soyons témoins des débuts, et rarement aussi d'une bien grande agitation; nous devons donc nous en rapporter aux renseignements fournis par l'autorité, par l'enquête, par le médecin, et ces renseignements, à de rares exceptions près, sont d'une uniformité telle qu'on les croirait stéréotypés.

Du désordre la nuit, le jour, dans le ménage, au dehors; des menaces aux passants, des couteaux saisis, cachés; des coups portés aux voisins ou aux membres de la famille; des emportements, des exigences dans les maisons où entrent ces malheureux; des feux ardents allumés, soit sous la cheminée, soit dans le milieu de la chambre; des brandons promenés dans les rues, des menaces de se détruire, des tentatives incomplètes dans une mare d'eau, dans un puits; des instruments tranchants appuyés sur leur poitrine, sur leur gorge; des fenêtres ouvertes pour se précipiter; des mouchoirs, des cordons passés au col ; des refus de nourriture plus ou moins prolongés, etc.

Dans les villes, dans les campagnes, c'est toujours ainsi que débutent les manies, les lypémanies, les démences.

Nous avons plus du quart de nos malades qui ont eu chez elles des emportements contre leur personne.

Les recherches, les travaux admirables sur le suicide du rédacteur des *Annales medico-psychologiques*, malgré tout le développement donné à l'étude des causes déterminantes, n'ont point encore suivi toutes les profondeurs de ce dédale.

Il est difficile, avec la raison, d'analyser les actes déraisonnables de certains débuts d'aliénation où la pensée, prompte comme l'éclair, fugace comme elle, détermine des actes instantanés comme la foudre, et comme elle, sans remède ; état mental où les actes, quelquefois, précèdent la pensée tant ils sont automatiques. Dans beaucoup de cas, ce n'est pas à coup sûr la réflexion qui les guide, c'est le défaut de réflexion, c'est l'oubli de leur individualité.

L'acte fait, la tentative commise, les aliénées cherchent, sans doute, à la justifier et feraient quelquefois, dans l'excitation qu'ils auront acquise, les plus sévères, les plus logiques raisonnements pour ne pas avoir tort. Mais l'acte en lui-même est moins une conséquence de logique, qu'un fait primordial; aussi les voyons-nous une ou deux fois se faire violence et n'y point trouver une préoccupation constante comme la plupart des suicides proprements dits.

Dans plusieurs cas de démence, de démence sénile, de manies, nous avons aussi remarqué un but prémédité chez la malade, celui de se rendre intéressante, de jouir de l'inquiétude des personnes qui les entourent, de voir ce que l'on dira, ce que l'on fera. Aussi les terminaisons funestes n'arrivent-elles dans ces conditions que rarement, fortuitement, alors que la malade a été un peu trop loin dans ses expériences ; c'est avec ménagements que ces aliénées se suicident, elles recherchent souvent les occasions d'être vues, d'être secourues ; elles appellent même à leur secours, puis elles menacent de recommencer, cela ne leur coûte pas. Nous avons eu ici une jeune veuve qui se frappait la tête contre le sol, qui se serrait un mouchoir autour du col, qui essayait de se frapper la poitrine avec des ciseaux, qui se mettait la tête dans le feu, qui refusait obstinément de manger, qui faisait mine de se précipiter du haut des escaliers, tout cela avec certains égards, avec réserve. Cependant, elle arrivait à un état de marasme qui nous donnait des inquiétudes ; ni douches, ni sondes, rien ne fléchissait sa volonté, sa résolution de périr. Paraissant céder à ses désirs, nous l'aidons à se faire mourir ; elle est mise au bain et les pieds enlevés, la tête est plongée dans l'eau et retenue quelques secondes..... En recouvrant la respiration, elle nous dit qu'elle voulait périr, mais pas périr par l'eau, et depuis lors elle mangea. Elle fit bien encore des menaces, des essais, mais la retenue augmentait, elle reprit de l'embonpoint, et malgré nos craintes, elle fut retirée par sa famille pour être immédiatement remariée (elle était riche). Cette dame avait été trouvée un jour derrière un rideau, dans les plis duquel elle s'était cachée ; elle avait un mouchoir serré autour du col, la tête vultueuse, sans respiration ; quelques instants de plus et elle s'affaissait sur elle-même. Sur les escaliers, sa chûte, malgré elle, pouvait être réelle et grave ; elle devenait suicide par imprudence.

Nous pourrions multiplier les exemples, citer une jeune fille appelant au secours en se jetant dans un puits, des femmes âgées se mettant dans l'eau petit à petit, l'une jusqu'à la cheville, une autre jusqu'au cou, en attendant ainsi les passants, une autre jetant d'abord des pots à fleurs par la fenêtre, et faisant semblant de se jeter ensuite, etc.

Ces faits sont connus de tous, mais assez peu étudiés pour appeler l'attention des praticiens.

Les hallucinations se sont montrées dans les formes les plus variées, si nous réunissons les hallucinations des sens externes avec celles des sens internes : l'ouie, la vue, le toucher, l'odorat, le goût et les impressions intérieures. Tous les médecins aliénistes enregistrent des faits comme ceux-ci : beaucoup de femmes entendent et répondent, menacent et *battent l'air qui n'en peut mais*, font des salutations, adressent la parole à des absents, etc.

L'une de nos femmes voit tomber du ciel des pains qu'elle recueille et qu'elle mange. Les exaltations religieuses sont très-sujettes dans le Nord aux hallucinations. L'une est la Vierge; une autre à la fois la Vierge et l'épouse de l'Empereur. Beaucoup sont inspirées et directement en rapport avec Dieu et les anges. Rien n'est opiniâtre comme ce genre de malades, elles se disent placées entre le ciel et la terre pour commander aux hommes, de la part de Dieu; à tout raisonnement elles opposent leur science divine, à toute coërcition, une sainte colère ou la résignation du martyre. Elles font notre désespoir.

Une de nos dames ressent, à certains moments, que les sœurs de service lui passent avec indécence un fer rouge en face des cuisses. Une de nos malheureuses consacrait une grande partie de ses journées à faire passer la salive par le nez avec un bruit cadencé pour expulser les mauvaises odeurs qu'on lui jetait sans cesse, et celles qui lui venaient des aliments mauvais qu'on lui donnait (son haleine n'a aucune fétidité). Plusieurs sentent du poison dans leur pain, dans les vivres qui sont amers.

Une femme a des meubles et une horloge dans la tête : on voulait tenter les chances d'une opération, mais il en est survenu aussi dans le ventre, dans les membres, etc. La sœur me travaille dans l'intérieur, dit souvent une excellente dentellière, elle ne fait que passer, et chaque fois je la sens dans mon bras, dans la jambe ou dans le ventre. Celle-ci est trop petite ou trop grande, elle est passée en dedans d'elle même, etc. Ce serait à n'en pas finir. Beaucoup ont en même temps d'autres aberrations non moins difficiles à expliquer : celles qui se rapportent aux transpositions de personnes, c'est tantôt leur être, leur identité qui est en jeu; tantôt celle des personnes qui leur parlent et qui ont pris la figure ou la voix de tel ou tel autre personnage. Tous ces désordres, si nous les citons en courant, c'est pour montrer que nous n'échappons à aucune des formes de la folie.

La démence sénile a souvent grossi nos chiffres; la paralysie générale, moins fréquente d'ordinaire chez les femmes que chez les hommes, a cependant été moins rare dans notre période de cinq ans ; les décès ont surtout été fortement influencés par cet état fatal de l'innervation.

L'idiotisme ne joue pas un grand rôle dans notre maison, tout porte à croire que dans l'annuaire statistique de 1845, où l'on fait figurer l'idiotisme pour 111 sur 719 femmes aliénées, dans tout le département, on s'est contenté de données vagues fournies par des personnes peu habituées aux maladies mentales.

L'imbécilité, à divers degrés, s'y montre avec ou sans manie: quelques maniaques de cette catégorie ont pu être rendu à leur famille.

INVASION DE LA MALADIE.

Les aliénées admises étaient malades depuis :

	1847	1848	1849	1850	1851	Totaux.	Observations.
Moins de 15 jours..	»	4	1	4	4	13	Les renseignements font défaut pour 1847.
» 1 mois.....	»	2	1	6	7	16	
» 1 mois et demi	»	3	»	4	7	14	
» 2 mois.....	»	5	2	9	9	25	
» 3 et 4 mois.	»	4	8	9	7	28	
» 5, 6 et 7 mois.	»	5	6	12	3	26	
» 8, 9 et 10 mois	»	5	6	1	»	12	
Depuis peu.......	»	2	»	»	2	4	
Moins de 1 an....	»	4	3	3	6	16	
» 1 an et demi.	»	3	3	3	»	9	
» 2 ans......	»	3	4	3	3	13	
» 3 ans......	»	1	3	5	4	13	
» 4 à 5 ans...	»	1	3	2	7	13	
» 7, 8, 9 et 10 ans......	»	4	3	4	4	15	
» 11 à 12 ans.	»	»	1	3	2	6	
» 15 à 24 ans.	»	2	3	»	»	5	
Depuis l'enfance ..	»	»	»	3	»	3	
» la naissance.	»	»	1	3	3	7	
» longtemps...	»	6	5	8	19	38	

Il résulte de nos recherches que l'invasion de la maladie, à l'époque de l'admission ne remonte pas à un an pour la moitié d'entre elles. L'autre moitié des admissions peut se décomposer en trois séries, dont la première compte 80 aliénées environ et dont l'invasion date d'un an à dix ; une autre comprend 38 individus pour lesquels on n'a que la désignation vague de *longtemps*, puis la troisième, groupant les femmes aliénées depuis plus de 10 ans, celles qui le sont depuis l'enfance, et enfin depuis la naissance.

Si l'on veut réunir les admissions dont l'invasion ne remonte pas au-delà de deux ans, époque après laquelle la guérison

devient une exception, on trouve le chiffre de 176, lequel
comparé à celui des guérisons effectuées au nombre de 89,
donne un peu plus de la moitié de guérisons.

GUÉRISONS.

Nos guérisons se sont élevées au chiffre de 111, un peu
moins du tiers des admissions et du sixième de la population
totale. Au milieu des conditions d'exiguité locale où nous
sommes placés, un pareil résultat est des plus satisfaisant.

Il n'y a pas une bien grande différence entre le chiffre des
sorties effectuées chaque mois, mais il en est une plus grande
si l'on sépare les mois d'hiver des mois d'été, puisqu'on trouve
le double de sorties dans la saison chaude, 72, et 39 durant
les 6 mois d'hiver. Il est vrai de dire que pour quelques malades, nous avons cru prudent de prolonger la surveillance
jusqu'aux premiers jours de beau temps, et qu'à la rigueur,
elles eussent pu sortir plus tôt.

Guérisons par mois.

Années.	Janvier.	Février.	Mars.	Avril.	Mai.	Juin.	Juillet.	Août.	Septembre.	Octobre.	Novembre.	Décembre.	TOTAL.
1847..	1	»	1	7	7	4	»	1	»	»	1	«	22
1848..	»	»	1	2	2	1	2	1	1	1	1	1	13
1349..	4	1	»	3	»	3	1	»	5	4	»	1	22
1850..	1	1	2	3	2	1	2	»	1	1	1	1	16
1851..	1	5	1	3	1	10	3	»	6	3	2	3	38
	7	7	5	18	12	19	8	2	13	9	5	6	111

Il y a entre les années une bien grande différence, puisque
1848 n'a que 13 guérisons, quand 1851 en compte 38. Nous
attribuons ce résultat en partie à ce que les sorties pour
causes diverses avaient dû, dans les années précédentes, écarter

de l'asile tout ce qui n'était pas absolument dangereux, et en partie à ce que les admissions nombreuses des deux dernières années ont offert une série plus forte de malades capables de guérison.

L'âge de nos aliénées sorties guéries, se rapporte aux appréciations déjà connues. C'est celui qui fournit le plus d'aliénés, qui est aussi le plus favorable à la guérison. Serait-il vrai que ce soit un peu plus tard chez les femmes que chez les hommes? Quelques personnes âgées ont aussi retrouvé le calme; ainsi on obtient :

Age des guérisons.

	1847	1848	1849	1850	1851	Totaux.
Avant 20 ans..	1	1	1	»	3	6
De 20 à 30 ..	»	6	5	5	10	26
De 30 à 40 ..	6	1	5	4	6	22
De 40 à 50 ..	6	2	8	4	11	31
De 50 à 60 ..	6	2	3	3	3	17
De 60 à 70 ..	1	1	»	»	4	6
De 70 et plus..	2	»	»	»	1	3
	22	13	22	16	38	111

Leur état civil est en rapport avec celui des admissions. Ainsi qu'il a été dit au chapitre précédent, pour l'année 1847, nous n'avons pu retrouver de renseignements sur les guérisons dont l'état civil était inconnu au moment de l'admission.

Guérisons d'après l'état civil.

	1847	1848	1849	1850	1851	Totaux.
Célibataires . .	8	8	13	4	16	49
Mariés.	8	4	8	9	17	46
Veuves	1	1	1	3	5	11
Etat inconnu..	5	»	»	»	»	5
	22	13	22	16	38	111

La profession exercée par l'individu avant la maladie, si elle peut avoir une grande influence sur le développement de l'affection, n'en a plus sur le résultat du traitement, aussi voit-on toutes les professions guérir plus ou moins. Il est bon, cependant, de noter que les femmes qui ont eu des inquiétudes professionnelles retrouvent plus facilement que les autres, dans le calme et le régime des maisons d'aliénées, le confortable nécessaire à l'accomplissement des fonctions cérébrales. Ainsi les fileuses, les dentellières, les couturières, les domestiques, les femmes de peine et les ménagères, forment la grande majorité de nos guérisons, comme l'expose le mouvement ci-joint :

Guérisons d'après les professions.

Professions.	1847	1848	1849	1850	1851	Totaux.
Culte (religieuse) . . .	1	»	»	»	1	2
Rentières, propriétaires	3	»	1	»	3	7
Marchande en détail. .	»	»	»	1	2	3
Batelières	»	»	»	»	1	1
Ouvrières en { Filatures, tissus. .	1	1	2	»	4	8
Dentellières	2	1	4	1	2	10
Objets d'habillement, couture .	»	3	3	3	3	12
Travaux aratoires .	2	1	2	1	»	6
Domestiques.	»	2	1	2	5	10
Femmes de peine, journ⁵	4	2	»	4	6	16
Ménagères	1	2	5	4	8	20
Sans professions . . . . { Profession inconnue. .	8	1	4	»	3	16
	22	13	22	16	38	111

CAUSES DE LA MALADIE.

Ce que nous venons de dire relativement à l'action du calme et du régime sur les organisations affaiblies, étiolées par l'effet des professions, est surtout applicable aux mêmes sujets étudiés sous le rapport des causes qui ont produit l'aliénation; 13 cas pour le dénuement, et 31 cas où le chagrin avait paru la cause déterminante du désordre intellectuel.

Pour plusieurs, même après guérison, on n'a pas obtenu de données satisfaisantes sur la cause de la maladie.

CAUSES.	1847	1848	1849	1850	1851	Total	Observations.
Effets de l'âge	»	»	2	»	»	2	
Idiotisme, rachitisme .	»	»	»	»	»	»	
Irritabilité excessive. .	»	»	1	»	1	2	
Excès de travail.. . . .	»	»	»	»	1	1	
Dénuement.	»	»	5	1	7	13	
Onanisme.	»	»	»	»	»	»	
Maladie de peau	»	»	»	»	»	»	
Coups, blessures. . . .	»	»	»	»	»	»	
Syphilis.	»	»	»	»	1	1	
Hydrocéphalie.	»	»	»	»	»	»	
Epilepsie convulsive .	»	»	»	»	»	»	
Fièvre, phthisie, etc. .	»	2	1	2	2	7	
Emanations de substances malfaisantes.	»	»	»	»	»	»	
Abus de liqueurs	»	1	1	»	2	4	
Amour, jalousie	»	1	1	2	2	6	
Chagrin.	»	2	7	7	15	31	
Evénements politiques.	»	»	»	»	»	»	
Ambition	»	1	»	»	»	1	
Orgueil.	»	»	»	»	»	»	
Religion mal entendue.	»	1	1	1	2	5	
Aliénation simulée. . .	»	»	»	»	»	»	
Causes inconnues . . .	»	5	3	2	5	15	

Les guérisons ont eu lieu sur des sujets appartenant aux localités ci-après :

		1847	1848	1849	1850	1851	Totaux.	Observations.
Département du Nord, arrondissement de	Avesnes	1	»	»	»	3	4	
	Cambrai	1	1	»	1	2	7	
	Douai.	3	1	2	1	2	7	
	Dunkerque . .	»	2	1	3	4	10	
	Hazebrouck. .	1	1	1	»	4	7	
	Lille.	13	7	15	11	17	63	
	Valenciennes.	1	1	1	»	3	6	
Dép. du Pas-de-Calais		2	»	1	»	1	4	
» de la Somme . .		»	»	»	»	2	2	
» de l'Aisne		»	»	1	»	»	1	
		22	13	22	16	38	111	

Ainsi elles se trouvent sensiblement proportiónnées au nombre des admissions dans chaque localité.

DEGRÉ D'INSTRUCTION DES SORTIES PAR SUITE DE GUÉRISON.

Nous avons cherché à reconnaître quel degré d'éducation avaient reçu les aliénées que nous étions assez heureux pour rendre à leurs familles comme guéries. Nos données n'ont pas une exactitude qui nous permette de les chiffrer, mais elles tendent à établir que les aliénées qui ont reçu de l'éducation sont en grand nombre proportionnellement dans les guérisons. Elles y comptent pour la moitié, tandis que dans l'ensemble de la maison, les aliénées sachant lire, seraient aux aliénées sans éducation, comme 1 est à 8 environ. Nous suivrons avec plus de précision à l'avenir les recherches de cette nature qui peuvent offrir un très-haut intérêt.

DURÉE DU TRAITEMENT.

Les femmes sorties guéries étaient dans la maison depuis :

Durée du traitement.	1847	1848	1849	1850	1851	Totaux.	Observations.
1 mois	»	»	2	»	»	2	
1 mois et demi . .	»	»	»	1	1	2	
2 mois	»	»	1	1	3	5	
3 à 4 mois	2	2	3	3	8	18	
5 à 6 mois	4	2	3	»	7	16	
7 à 8 mois	4	1	4	4	5	18	
9, 10 et 11 mois .	1	2	»	»	2	5	
1 an	3	4	1	2	2	12	
1 an et demi . . .	3	»	3	»	2	8	
2 ans	»	1	2	»	2	5	
2 ans et demi. . .	»	»	»	1	2	3	
3 ans	»	1	2	3	2	8	
4 ans	1	»	»	1	2	4	
5 ans	1	»	»	»	»	1	
6 ans	1	»	1	»	»	2	
7 ans	1	»	»	»	»	1	
9 ans	1	»	»	»	»	1	
	22	13	22	16	38	111	

La durée du traitement peut se diviser, d'après nos chiffres, en plusieurs périodes, et, en jetant les yeux sur la statistique précédente, nous trouvons des analogies très-remarquables et que nous allons placer un regard.

	Pendant les 5 dernières années.	Pendant les 5 années antérieures.
Les guérisons s'élèvent dans les deux premiers mois à. . . .	9	15
Celles effectuées entre 3 et 9 mois	52	82
Jusqu'à un an.	5	12
D'un an à deux.	25	42
Deux ans 1/2.	3	5
Trois ans.	8	4
Puis, de quatre à neuf	9	16
	111	76

Après cette époque, notre statistique est moins heureuse que la précédente qui compte encore neuf guérisons chez des sujets atteints d'aliénation depuis dix ans et plus, jusqu'à vingt-un ans.

TRAITEMENT.

Partout où se rencontre une douleur physique ou morale, l'instinct d'abord, la superstition plus tard, et la science ensuite s'efforcent tour à tour de rechercher des agents propres à soulager, à guérir. L'étrangeté, le mysticisme dont s'entourent les désordres de l'encéphale ont longtemps élevé une barrière entre le champ des vésanies et le domaine de la pathologie.

De nos jours même, cette barrière est à peine abaissée par quelque conquérant qui la foule aux pieds que l'on se croise comme à l'envie pour la relever et l'étayer. Aussi, n'est-il pas rare d'entendre des gens du monde, des hommes instruits, briser une conversation relative aux aliénés en disant : « Le remède de la folie n'est pas encore trouvé. » Ou bien, sous une autre tournure, attendre une formule inspirée, un talisman contre la folie ! c'est évidemment prouver sur ce point l'ignorance la plus grossière que de raisonner ainsi. Il y a plus, c'est de l'absurdité : si les causes, si les formes, si les degrés de l'aliénation sont aussi divers, aussi multipliés que la variété des intelligences, la guérison, quand elle est possible, doit être également le produit d'actions diverses et multipliées. L'aliéniste, suivant l'expression d'un de nos maîtres, doit faire peser l'univers entier sur les organisations qu'il prétend modifier. Au milieu de l'incertitude qui règne aujourd'hui, et qui règnera longtemps encore sur les phénomènes normaux de l'organisation cérébrale, il y aurait, de notre part, quelque témérité à sonder les perturbations intellectuelles avec l'espoir de trouver au fond de ces abîmes sans fin la clef des vérités abstraites dont nous sommes environnés. Nous laissons donc à cette branche militante de la philosophie contemplative, la stérilité qui la caractérise depuis l'origine des choses, et contraints, par la nature de notre organisation, non moins que par la nature de notre mission, de chercher, dans les ressources pratiques, les soulagements réclamés par les désordres fonctionnels qui se multiplient sous nos yeux: action générale, action particulière, traitement physique, traitement moral, nous avons dû tout mettre en usage pour guérir les unes, calmer, modérer les autres, procurer à toutes le confortable compatible avec leur état mental.

Au-dessus de tous les autres moyens physiques et moraux, nous avons placé la douceur, la bienveillance, la politesse exagérée au besoin, mais grave toujours ; la justice, sentiment qui se perd le moins ; la fermeté, la fixité dans les décisions; le travail sous toutes les formes et spécialement pour les personnes du sexe, les occupations variées du ménage, parce qu'elles exigent une certaine aptitude, une certaine activité d'esprit régularisatrice. Aussi, avons-nous donné toute l'extension possible aux petits services que nos aliénées sont appelées à se rendre mutuellement. La création d'une surveillance exercée comme il a été dit aux généralités, place, selon nous, les convalescentes dans la position la plus favorable à l'achèvement de leur guérison.

MÉTHODE MUTUELLE.

Les classifications admises par tous les aliénistes consacrent avec juste raison, une division isolée aux convalescentes, afin d'éloigner d'elles le spectacle pénible de l'agitation et le bruit qui l'accompagne. Si dans un asile de 3 à 400 aliénées on voulait s'astreindre rigoureusement à ce classement, en excluant de cette catégorie tout ce qui n'est pas réellement convalescent, on n'aurait souvent à y réunir à la fois que 5, 6, 8 ou 10 sujets au plus, et cette exiguité numérique, en même temps qu'elle serait une charge pour l'établissement, aurait l'inconvénient d'entretenir une monotonie dont les malades ainsi sequestrés auraient beaucoup à souffrir, ce qui se voit quelquefois dans les divisions consacrées aux pensionnaires des classes supérieures; aussi, dans la pratique, on range parmi les convalescentes les aliénées les plus paisibles dont l'état mental ne trouble pas l'ordre, la bonne tenue des salles. C'est là ce qui existait, ce que nous avons conservé.

Cependant, les convalescentes, si la division est un peu considérable, peuvent se trouver égarées et en quelques sorte perdues de vue parmi les autres, c'est un inconvénient que nous prévenons par la méthode mutuelle, qui obvie à cette confusion, en mettant en relief toutes les convalescentes qu'une différence de costume, une place spéciale, un service actif et utile à toutes, ramène sans cesse sous les yeux des sœurs préposées à la division. Quatre années déjà ont jugé la valeur de cette méthode dont nous apprécions chaque jour les bons effets.

INSTRUCTION.

La méthode mutuelle se trouve aujourd'hui appliquée à l'enseignement de nos aliénées, comme elle l'est dans les écoles.

C'est pour nous une satisfaction réelle, de voir nos femmes en petits cercles pendant tout le temps que dure la classe, soutenir leur attention appliquée soit au tableau, soit au livre qu'elles ont en main, et laisser dormir les sujets de leurs divagations. Les progrès de quelques-unes sont assez rapides, et nous avons pu renvoyer guérie une malade qui avait appris à lire dans la maison. Plusieurs avaient appris leurs lettres dans leur enfance et étaient restées à ce point ; plusieurs, par l'effet des circonstances, et souvent par l'effet de leur maladie, ont oublié les notions de lecture qu'elles possédaient : tout cela revient peu à peu et inspire l'intérêt des personnes qui leur donnent des soins et celui des étrangers eux-mêmes.

Nous avons dit déjà que la religion nous est un puissant mobile, cependant elle ne paraît pas agir sur les femmes aliénées du Nord avec la même puissance que nous avions remarquée chez les hommes, qui, éloignés par leur genre de vie de l'assiduité aux exercices religieux y retrouvent, souvent, avec les souvenirs de l'enfance, un calme favorable à l'éducation nouvelle de leurs facultés.

Le désir de s'approcher des sacrements a donc été plutôt une preuve du retour à la raison qu'un moyen d'y arriver, et par contre, nous avons eu souvent à combattre les superstitions les plus funestes, les croyances au sortilége le mieux enracinées, les inspirations divines dont nous avons parlé.

Les visites des parents, des amis, nous ont été dans bien des cas d'un grand secours, et le point de départ d'une amélioration tranchée, ou bien, elles donnaient lieu à des observations dont nous pouvions tirer parti.

MOYENS COERCITIFS.

Quelques soins que l'on apporte à gagner les cœurs, à n'employer que la douceur et la persuasion, il est cependant des occasions où les raisonnements se brisent contre l'obstination, où la douceur échoue contre un mauvais vouloir des plus anguleux. Dans ces circonstances, il faut, pensons-nous, ne pas convaincre, mais contraindre ; obtenir à tout prix la subordination qui plus tard n'est plus pénible pour la malade, et qui peut seule, amener de bons résultats : du calme, du travail, et quand elle est possible, la guérison. Nos moyens coërcitifs sont la privation de douceurs, du tabac par exemple, la sequestration dans un coin, le changement de quartier, la camisole plus ou moins longtemps, le jour, la nuit, et enfin la douche.

Au milieu du *tolle* d'indignation soulevé depuis peu contre la douche, comment oser avouer qu'on en fait usage, et qu'on lui doit des guérisons, qu'on lui doit surtout du calme, dans toutes les parties de l'établissement, du travail chez des malheureuses dont l'existence se consumait dans les cris et l'agitation? Cependant les faits sont là, et nous avons résolu de tout dire, le bien comme le mal. Pourquoi ne le dirions-nous pas, nous cherchons la vérité, le soulagement de nos malades. Ce n'est point notre faute, si après quelques années d'un engouement abusif, qui faisait de la douche la panacée des différentes formes de l'aliénation, on l'a de plus en plus abandonnée, pour arriver à ce point de montrer au doigt les aliénistes qui font encore intervenir dans leur traitement un moyen qu'on ne qualifie plus que de barbare et d'homicide. Ce qu'il y a de remarquable, c'est qu'en France on s'apercevait peu de l'inhumanité du procédé avant les dénonciations répétées de nos voisins d'Outre-Manche. On captive si aisément les sympathies quand on parle au nom de l'humanité! Dans les mains de l'opérateur, l'instrument tranchant peut être blâmé quelque fois, mais il restera, de même que le cautère actuel chauffé au rouge-blanc, et plongé dans l'épaisseur des organes souffrants. Ce sont des manœuvres acquises à la science, à la pratique, et dont l'homme de l'art est appelé seul à juger l'opportunité, dans les cas déterminés. Les loges de Bedlam elles-mêmes, malgré le liége et le caoutchouc dont elles sont revêtues, n'en sont pas moins des loges, et leurs pâles recluses voudraient souvent, pour quelques douches, échapper à la sequestration qui les énerve. Nous apportons beaucoup trop de prévention dans l'étude de faits qui méritent d'être appréciés avec plus de calme, de franchise.

Un aliéniste anglais visitant l'asile de Lille ne trouvait pas dans ces préjugés assez d'ironie pour accueillir les renseignements qu'il nous demandait sur la douche. Une jeune convalescente, une de nos surveillantes arrive précisément, elle avait reçu des douches sous l'ancien médecin; pressée de s'expliquer, elle le fit en termes si naïfs que l'on vit disparaître peu à peu le sourire sardonique des lèvres de l'honorable collègue.

Déclarer que nous recourons à la douche pour vaincre certaines obstinations, pour forcer au travail, pour chasser même certaines idées, c'est dire que nous suivons, quand il y a lieu, les indications posées par l'un des estimables médecins de Bicêtre.

Dans quelques formes de lypémanie, dans certaines manies, nous avons obtenu le succès désiré. L'agitation, la malpropreté, l'inaction de beaucoup de nos malades ont été vaincues par ce moyen. C'est plus encore en le répétant deux ou trois fois le jour qu'en prolongeant son action que nous avons réussi dans ces derniers cas.

Plusieurs maniaques nous ont demandé de leur donner la douche quand venait l'agitation, parcequ'elles éprouvaient ensuite un calme bienfaisant. Une Polonaise surtout, d'une organisation cérébrale admirable, est arrivée ainsi à la guérison. Chez les malades qui refusent les aliments, la coërcition, la douche nous a bien souvent évité l'emploi désagréable de la sonde.

Nous n'avons jamais eu à constater le moindre inconvénient, les éructations produites par l'air avalé dans les inspirations entre-coupées, n'ont aucune valeur réelle et ne nous paraissent point de nature à faire rejeter ce puissant moyen de la thérapeuthique.

Les bains simples dont nous faisons un usage fréquent, ont bien souvent trompé nos espérances, quand nous les donnions en vue de calmer une agitation vive, si prolongés qu'ils aient été. Ils réussissent mieux à prévenir l'excitation dès qu'on s'en aperçoit.

Les bains entrent pour beaucoup dans vos moyens hygiéniques, cette prescription cause assez souvent de la contrariété à notre population, spécialement aux femmes de la campagne qui ne les trouvent pas assez justifiés par leurs habitudes antérieures.

Les agents pharmaceutiques pour la plupart ont été, entre nos mains, d'une infidélité désespérante, et pourtant, ce qu'il y aurait de plus important, de plus pratique, serait sans doute, d'arriver à combattre les formes d'aliénation, classées approximativement, comme tout ce qui reste soumis à l'appréciation, par des agents à peu près constants dont la puissance thérapeutique, raisonnée ou empirique, serait assez uniformément admise et constatée comme l'est celle du sulfate de quinine, des opiacés, de la belladone, de la saignée, dans les cas où ces moyens sont mis en usage; mais entre autres difficultés, une première a trait aux classifications, une autre à l'obscurité du diagnostique, une autre encore réside dans la valeur des indications; cependant au milieu de ces difficultés, il est un fait sur lequel presque tous les aliénistes sont assez d'accord, à savoir, que la démence est toujours accompagnée d'un épanchement séreux dans les méninges (nous n'expliquerons rien, nous constatons). En Angleterre, en France, les auteurs ont signalé la même lésion révélée par les autopsies. Nous savons qu'il peut en exister d'autres, nous savons aussi que la démence n'a pas exclusivement le privilége de la sérosité dans les membranes; mais nous revenons à notre prémisse, et nous répétons que sur les sujets atteints de démence, on rencontre toujours le sérum ou surabondance, et nous sommes même tentés d'ajouter que les exceptions nous paraissent bien voisines d'une erreur de diagnostique. Certaines manies chroniques, certaines formes de l'imbécilité ont de si nombreux points de contact avec la démence qu'il est bien permis quelquefois de les confondre.

C'est en partant de ce raisonnement, vrai ou faux, que nous avons essayé d'appliquer largement, à ce genre d'affection, les révulsifs si heureusement employés dans les épanchements séreux qui ont leur siége partout ailleurs.

Ce n'est pas une nouveauté que nous avançons, tous les praticiens ont fait usage de dérivatifs; il y a longtemps qu'Esquirol, conduit par ces raisonnements, appliquait des boutons de feu sur le sommet de la tête, à la nuque, dans le début de la démence (Les résultats ont été peu remarquables, dit Scipion-Pinel).

C'était le plus près du mal qu'il fallait agir, c'était en même temps d'une manière durable, puisque nous avions à combattre une affection chronique de sa nature. Nous avons adopté la région bregmatique, parceque ce point est souvent, chez les aliénés, le siége d'un accroissement de chaleur très-sensible et appréciable à la main; parceque c'est un des points vers lesquels on remarque le plus souvent les adhérences de l'arachnoïde au cerveau, que c'est encore là que les glandes de pacchioni prennent le grand développement remarqué dans certaines formes d'aliénation.

C'est au vésicatoire que nous avons eu recours, et nous dirons avant de parler des résultats, les précautions à prendre pour l'entretenir en ce lieu, ce qui est assez difficile A cette fin, la toile vésicante est plus commode que telle autre préparation. Elle n'agit pas aussi rapidement que sur d'autres régions, rarement l'exutoire est établi avant deux ou trois jours, il faut souvent plus longtemps; l'épiderme n'est pas soulevé uniformément, il se boursoufle, et dans cet état, si on avait recours aux pommades épispastiques, la guérison du vésicatoire serait prompte; nous devons remettre sur la plaie de la toile vésicante, et la suppuration s'établit avec plus ou moins d'activité suivant les sujets. Elle arrive quelquefois à former sur le cuir chevelu une plaie profonde où les bourgeons se distinguent à peine, au milieu de la suppuration.

Chose remarquable, cette plaie n'est pas douloureuse ou l'est très-peu, à cause sans doute de la fixité du derme sur la voûte du crâne, et bien que nous ayons entretenu quinze jours, trois semaines, un mois, cette suppuration, il n'en est résulté aucun accident sérieux. Est-ce à dire que les accidents soient impossibles ? nous sommes loin de le croire, et nous surveillons ces malades avec un soin tout particulier. Quand nous apercevons un peu d'œdème aux paupières, un peu de bouffissure à la face, nous cessons immédiatement, sauf à y revenir par la suite. Un cataplasme, un pansement simple, et tout disparaît en peu de jours. Ce que nous redoutons c'est l'érysipèle.

Nous avons eu dernièrement une malade en traitement par un vésicatoire sur la tête, qui eût un érysipèle de la face. Elle s'était soumise à une vive insolation et nous rattachons l'incident à cette coïncidence. Tout se passa pour le mieux, et si nous en parlons, c'est afin de signaler la possibilité d'un danger si faible qu'il soit (1).

(1) Les altérations produites sur le cuir chevelu ne persistent pas longtemps. Le système pileux paraît entièrement respecté ; souvent, il est un obstacle à la prolongation du traitement local par l'accroissement des cheveux, particulièrement chez les jeunes sujets. Une occasion nous a été donnée d'apprécier sur le cadavre l'étendue de l'action d'un vésicatoire sur ce point. Une femme chez qui le moyen avait été tenté en désespoir de cause, puis abandonné, succomba par suite d'accidents abdominaux 15 jours après la suppression de la suppuration. Le derme était à la surface parcheminé comme tout autre cicatrice de vésicatoire. Le tissus cellulaire adhérent avait une teinte rosée, le crâne, dans toute son épaisseur, avait la même colloration limitée extérieurement à l'étendue du vésicatoire et beaucoup plus restreinte à la table interne, le diploé intermédiaire était fortement coloré.

Nous avons dit que c'était la démence que nous cherchions à combattre par ce moyen, mais la démence au début (et disons le bien haut, nous n'avons pas toujours réussi); nous avons aussi plusieurs fois échoué avec intention, pour ainsi dire, en l'employant sans espoir, avec la prévision de l'insuccès, prévision trop justifiée; mais d'un autre côté, nous comptons des succès francs, rapides, étonnants mêmes, si quelque chose pouvait étonner ceux qui s'occupent de maladies mentales.

Vers la fin de la manie, alors que la période d'excitation est terminée, on assiste souvent, quand la guérison n'est pas franche et complète, à une espèce de lutte, d'hésitation, dirons-nous, de la maladie. Il y a de l'hébétude, de l'indolence, ou de l'acrimonie, de l'obstination, de la roideur, ou bien une névropathie toute particulière. Que va-t-il arriver? sera-ce la guérison définitive? n'a-t-on pas affaire aux prodromes d'un nouvel accès, ou bien aux premiers symptômes de la démence qui termine si souvent la manie?

Tous les praticiens ont connu ces moments d'anxiété, où toutes les espérances fondées sur ce sable mouvant vont être submergées. Dans ce cas, le visicatoire a produit un effet si prompt, si heureux, que l'on ne saurait le méconnaître, et que les malades elles-mêmes lui attribuent la transformation qu'elles ont subie.

Citerons-nous quelques observations?

Première Observation.

Une jeune personne de dix-neuf ans, sans profession, domiciliée dans le département de l'Aisne, d'une faible constitution lymphatique, ayant reçu une première éducation, sans grand succès, avait éprouvé antérieurement de la céphalalgie, des migraines. Comme antécédent encore, une de ses aïeules était tombée en démence après un saisissement. Des causes

cachées d'abord, mais qui nous apprîmes être une extrême
sévérité paternelle, avaient produit des contrariétés fréquentes,
une timidité exagérée, une tristesse profonde, et, un mois avant
son admission, des singularités qui tranchaient avec ses habitudes calmes. Elle qui était peu communicative, s'occupant de
broderies, de ménage, tout-à-coup se mettait à rire et à pleurer
sans motifs, puis elle parlait beaucoup, elle refusait la nourriture
par moment, et ne parlait plus. C'est encore ce que nous ob-
servons à son arrivée. On l'avait saignée, on lui avait mis des
sangsues aux tempes, enfin des vésicatoires aux jambes. Sa
constitution nous paraît affaiblie, le pouls est petit, soixante-
dix pulsations, la face décolorée, la tête inclinée; elle ne répond
à rien, ne peut se soutenir, ne veut rien prendre, la salive
coule de ses lèvres sur ses vêtements; il y a de la diarrhée.
Nous la considérons comme atteinte de *manie tendant à la démence*, et notre pronostic est peu rassurant. L'alimentation nous
paraît indiquée surtout. On sèche les vésicatoires des jambes;
on calme l'état maladif du gros intestin; elle reste cinq à six
jours plongée dans un assoupissement profond pendant lequel
on lui fait avaler quelques analeptiques, des bains-chauds,
des synapismes légers régularisent les fonctions de la peau;
enfin un large vésicatoire sur la tête, la réveille entièrement.
La salive coule encore pendant plusieurs jours, trois ou quatre
frictions mercurielles y mettent fin. Les évacuations involon-
taires deviennent plus rares; l'alimentation se fait avec succès;
les ferrugineux sont continués. Conduite près des autres malades, elle reste d'abord inactive, on l'excite inutilement au travail, les réponses restent très-lentes; un deuxième vésicatoire
sur la tête est suivi d'un mieux notable, elle mange seule,
s'occupe par moments, mais elle paraît encore s'affaisser comme
épuisée. Le retour des forces se traduit par des sentiments affec-
tueux et reconnaissants, des efforts sur elle-même, et son entier
rétablissement se confirme par le retour de la menstruation.

Quatre mois après son admission, elle raisonne ses antécédents et son avenir avec beaucoup de convenance, elle sort le cinquième mois.

Deuxième Observation.

La nommée N... dix-neuf ans, célibataire, postulait dans une maison religieuse; elle a reçu de l'éducation, aucune maladie antérieure, rien dans l'hérédité que de l'enthousiasme chez la mère. Elle est malade depuis six semaines; de l'exaltation religieuse, le mariage de sa sœur, ont amené une manie exaltée dont le pronostic doit être réservé. Grande forte fille fraîche, blonde, yeux bleus, le front parsemé d'acné, elle se prête volontiers à ce qu'on lui demande, elle parle avec effusion: (Elle est heureuse, oh! très heureuse! extrêmement heureuse! d'abord elle a vu son oncle, puis vous, Monsieur, et puis, il y a des choses qu'on lui a dites, oh mais! des choses tout à fait satisfaisantes! Elle vous connaît, ou du moins croit vous connaître, et d'ailleurs, vous êtes si bon, et la Providence la seconde toujours, aussi elle ne peut mourir quoi qu'on fasse, etc). Le pouls est large sans être dur, il donne soixante-cinq à quatre-vingts pulsations suivant l'agitation. Elle urine sur sa chaise ou dans son lit, et chaque fois elle proteste de son respect d'un air caressant et soumis, elle a parfois la timidité virginale, puis le regard audacieux et languissant d'un nymphomane. Elle délire ou elle écrit avec emphase, sans jamais terminer une seule phrase. Dans le jardin, elle court, franchit les parcs, foule les fleurs et revient en fille soumise délirer avec des manières suppliantes. Dès la fin du mois, elle se trouble davantage, se salit chaque nuit, chaque jour, ne peut dire deux mots de suite, refuse les aliments, reste immobile, comme stupide; la salive coule de ses lèvres, ou s'accumule dans la bouche; cet état persiste trois semaines et ne paraît céder qu'à l'action d'un large vésicatoire sur la tête ; elle reprend les aliments et travaille un peu ; mais une visite de la mère que nous ne pouvions éloigner d'elle plus longtemps, amène des mouvements hystériques désordonnés. Elle se calme plus tard, et à deux ou trois reprises, l'autorisation d'écrire à sa mère, ramène plus ou moins les mêmes troubles nerveux. Le mieux se soutient cependant à travers ces alternatives, et le retour des règles au quatrième mois, nous rassure complètement. Elles sont comme autrefois, chez elle, accompagnées de migraines. Il reste de l'exaltation dans la manière d'être, et nous désirions, en la gardant encore un peu, confirmer la convalescence, quand un érysipèle intense envahit une jambe, s'irradiant autour d'un ancien vésicatoire séché depuis deux mois ; des escarres étendues au pied, à la jambe, nous donnent des inquiétudes pour sa vie. Le traitement des accidents nouveaux ne modifie pas son état mental d'une manière sensible, et elle rentre dans sa famille avec son exagération qu'on nous dit être dans son caractère.

Troisième Observation.

Mme V• X... agée de quarante-six ans, rentière, du département de la Somme, d'une constitution nervoso-sanguine, caractère susceptible, a reçu de l'éducation, a déjà été atteinte il y a 12 ans d'une affection cérébrale qui a duré peu de temps, sa sœur a eu également une affection mentale dont elle fut guérie. La maladie actuelle remonte à trois mois, elle fût traitée pendant six semaines à Paris où l'on avait, nous a-t-on dit, des craintes graves pour son avenir intellectuel. Assez grande, maigre, le teint chargé, les cheveux bruns, le pouls assez régulier, à 60 ; les fonctions de la vie animale s'exécutent régulièrement ; il y a seulement de la constipation. Elle nous raconte elle-même sa vie, mais confusément, sans suite, jetant à droite à gauche, des mots incohérents qu'elle cherche cependant à relier à l'idée principale dont elle ne perd pas précisément le but, rien n'est remarquable comme les excursions qu'elle fait ainsi, et qui ne lui permettent jamais de terminer sa narration devenue de plus en plus confuse et lourde, au point qu'elle-même s'en apercevant, fait une salutation gracieuse pour se tirer d'affaire, tantôt froidement, tantôt avec ironie et causticité, comme si le désordre venait de la part de l'interlocuteur. Tout l'irrite, tout la contrarie. Cependant, une heure, deux heures, quatre heures, six heures même se passent quelquefois au milieu d'un calme parfait, incroyable; c'est rarement plus de deux heures par jour, puis tout revient désordonné, comme nous venons de le dire, et cela sans régularité, sans périodicité aucune. Nous diagnostiquons une manie loquace tendant à la démence, et nous réservons tout pronostic. Elle est étudiée quelque temps, on la laisse s'acclimater pour ainsi dire; diverses médications sont ensuite mises en usage, bains, émissions sanguines à la base du crâne, dérivatifs internes, externes, toniques, le sulfate de quinine donné un peu au hasard; rien ne change. Après deux mois, nous appliquons le vésicatoire sur la tête. Dès les huit premiers jours, on a remarqué moins de déraison, l'irritabilité persiste, s'exagère peut-être, mais elle conserve son calme pendant des demi-journées entières, puis la journée se complète sans délire; puis enfin, on n'en vit plus du tout. Cependant il fallait sécher le vésicatoire qui s'entretenait difficilement et devenait douloureux. Nous appliquons de suite un cautère au bras, ce qu'elle accepte avec confiance, ainsi que nos prescriptions diverses, bien qu'elle les redoute beaucoup. Sa conversation reste ornée de circonlocutions, mais plus rien n'écarte du but. Il y a de l'esprit, de la ruse dans sa manière, et surtout une volonté que la violence ne saurait briser, et qui cède quelquefois aux raisonnements, comme le fait le caoutchouc à la traction, pour revenir ensuite occuper sa place et prouver qu'elle veut bien ce qu'elle veut. Pressée de retourner près de ses enfants, elle sort en promettant de conserver son cautère aussi longtemps que nous ne l'autoriserons point à le supprimer. Malgré ses réclamations, ce consentement n'a point été donné depuis, et (comme Licurgue, après avoir exigé des Spartiates le serment de garder ses lois jusqu'à son retour) il est probable qu'il ne viendra jamais.

Quatrième observation.

Ismérie B.... a 25 ans, célibataire, domestique, elle a un tempérament lymphatico-sanguin, elle n'a jamais été malade. Elle devait se marier, mais le *futur* absorba dans une débauche les petites économies qu'elle lui avait confiées pour aller chercher les papiers, et revint les mains vides. Aussi d'après l'avis de ses maîtres, Ismérie dut renoncer à une union qui serait pour elle une source de malheurs. Le jour, cependant, avait été fixé pour les épousailles, et les plaisanteries des jeunes gens invités d'abord, trompés dans leur attente, ne connurent pas de bornes. Ils vinrent à la porte de la chambre où elle se cachait, et en signe de joie, se mirent à tirer des coups de fusil, ainsi que cela se pratique dans les campagnes. La pauvre fille était alors dans un moment critique, l'écoulement s'arrêta, et la raison disparut. Elle ne reconnaît personne, elle ne mange plus, on la saigne inutilement. Nous la recevons six semaines après l'événement, elle avait passé à l'hospice un temps, pendant lequel on ne put lui arracher un seul mot. Nous la trouvons toute égarée, regardant derrière les portes, voulant se sauver. Une fois ou deux, on lui avait mis un balai en mains, et elle s'en servit, mais bientôt elle refuse tout, pour errer plus hébétée que jamais. Le pouls est plein, dépressible, et à 70 environ; quelques sangsues appliquées à l'anus, puis derrière les oreilles sont suivies d'un peu de mieux; quelque travail, elle mange un peu, mais le sourire est stupide, et elle n'a pas encore parlé. Un vésicatoire est appliqué sur la tête, et la face semble de suite s'épanouir; malgré nous le vésicatoire sèche, et l'on voit paraître tantôt de la stupeur, tantôt de l'agitation, des actes de violence non calculés, déraisonnables en tout. Cet état s'accroît durant deux mois; enfin, on commence à distinguer un peu de calme; les règles ont reparu; elle ne parle pas, mais elle s'irrite moins vite, elle travaille avec courage, reçoit les visites de sa sœur et conserve une expression un peu niaise qu'on nous dit lui être naturelle. Plus tard, elle devient surveillante de la table, s'acquitte assez bien de cette fonction. Elle cause du passé sans affectation, et cependant, il y a quelque chose qui ne satisfait pas entièrement : nous comptons sur le travail des champs pour assurer la guérison.

Cinquième observation.

Agée de 22 ans, Z... célibataire, domestique, sachant depuis peu lire et écrire, est devenue enceinte des œuvres de son maître; elle en conçut du chagrin malgré les promesses de mariage qui lui étaient faites. Après l'accouchement, des troubles de l'intelligence se déclarèrent. Elle fit une fièvre typhoïde, ou du moins elle eut une diarrhée opiniâtre, et le délire persistant depuis deux mois, elle nous fut amenée. La constitution est délicate, elle est exsangue. Il y a encore de la diarrhée, le pouls est filiforme, irrégulier; elle ne parle que peu, demande les aliments, si l'on cède en partie à ses désirs, une garde-robe suit immédiatement, les lavements de pavots, de légers bouillons, des révulsifs aux jambes, forment longtemps toute notre médication; plus tard, des aliments graduellement accordés, amènent un retour à la santé que de grands ménagements consolident enfin. Nous l'avions considérée comme pouvant guérir, et nous n'apercevions encore, dans ses manifestations intelligentes, qu'un état insuffisant pour nous rassurer sur l'avenir. Elle avait, par la contrainte, consenti à travailler; elle avait reçu quelques visites de la personne aimée, et l'indifférence apparente aux protestations de dévouement qu'on lui prodiguait, se prolongeait beaucoup trop. Si parfois, la torpeur habituelle avait cédé, ce n'était que pour montrer de la résistance stupide et de l'acrimonie dans tous les rapports. L'exutoire placé sur la tête dissipa le nuage qui pesait sur son caractère habituel, et presque sans transition, la douceur la plus parfaite anima ses traits, présida à ses relations. Son activité, son courage n'étaient entravés que par la faiblesse de ses membres. Elle présidait une table comme surveillante et se distinguait par son attention pour les malades. Sa sortie, son mariage, n'ont pas altéré cet heureux résultat.

Ainsi qu'on en peut juger par ces observations rapidement tracées, il y a une coïncidence frappante entre l'amélioration qui se produit et la mise en suppuration du vésicatoire. Nous pourrions en citer d'autres exemples. Il y eut aussi des temps d'arrêt dans la convalescence quand l'exutoire se séchait malgré nous. Si disposés que nous soyons à admettre que la guérison eût marché indépendamment de tout traitement, nous ne pouvons refuser à notre moyen une impulsion heureuse et prompte comme il a été dit en commençant.

Il ressort également de ces notes que nous cherchons des auxiliaires dans le régime, dans le maniement de la sensibilité, dans la régularisation des fonctions, dans tous les soins enfin qui ont une si large part au succès médical.

MORTALITÉ.

Dans toutes les maisons d'aliénés, comme d'ailleurs dans toutes les tables de mortalité, c'est pendant les mois d'hiver que la population subit les plus grandes pertes, et notre relevé ne déroge en rien à cette règle. On trouve dans l'Annuaire que les six mois de décembre à juin ont donné 14,190 décès, et les six autres mois seulement 10,952, lorsque nous avions dans l'asile 80 et 53 décès pour les mêmes périodes.

L'hiver de 1850—51 a surtout été fatal à notre vieux noyau, comme nous le verrons bientôt. Cette même action funeste sur la décrépitude s'est manifestée aussi dans les hospices consacrés à la vieillesse; c'est une des causes inconnues de l'élévation de notre chiffre de 1851, qui porte 28 décès en trois mois. Nous arrivons ainsi à une moyenne de 26 par année, ou 15 °/₀; en d'autres termes, 1 sur 5,2.

Décès par mois.

ANNÉES.	Janvier.	Février.	Mars.	Avril.	Mai.	Juin.	Juillet.	Août.	Septembre.	Octobre.	Novembre.	Décembre.	TOTAUX.
1847..	2	5	3	1	2	2	2	1	3	2	6	2	31
1848..	3	1	2	2	4	4	1	»	2	1	1	4	25
1849..	1	2	»	3	1	2	1	1	2	1	2	»	16
1850..	3	2	2	2	2	»	»	4	1	2	2	5	25
1851..	10	7	6	1	2	5	2	1	»	»	2	»	36
	19	17	13	9	11	13	6	7	8	6	13	11	133

C'est de cinquante à soixante ans que se trouve la plus forte mortalité; nous ne voyons pas de terme de comparaison dans l'Annuaire du département où nous voyons seulement que de quinze à cinquante ans il y a eu 5498 décès, et 6851 depuis cinquante ans jusqu'à quatre-vingts.

Nous aurions dans les mêmes termes 62 décès avant cinquante ans, et 62 encore de cinquante à quatre-vingts.

Age des Décès.

AGES.	1847	1848	1849	1850	1851	Totaux.
Avant 20 ans	1	»	»	»	2	3
De 20 à 30 ans ...	3	3	3	1	3	13
De 30 à 40........	5	4	3	5	3	20
De 40 à 50........	8	7	3	4	4	26
De 50 à 60........	6	3	1	8	10	28
De 60 à 70........	2	6	5	3	5	21
De 70 à 80........	3	1	»	2	7	13
De 80 à 86........	1	»	»	2	2	5
Age inconnu.......	2	1	1	»	»	4
	31	25	16	25	36	133

Les quatre aliénées décédées, dont l'âge est inconnu, étaient depuis longtemps dans l'asile, l'une depuis 1811.

L'état civil de nos mortes se divise comme suit :

Décès. État civil.

État civil.	1847	1848	1849	1850	1851	Totaux.	Observations.
Célibataires. . . .	6	8	9	9	17	49	
Mariées.	16	11	4	9	8	48	
Veuves.	2	6	1	6	9	24	
Etats inconnus . .	7	»	2	1	2	12	
	31	25	16	25	36	133	

Dans le département, le nombre des filles de tout
âge a eu . . . . 7,059 décès.
Celui des femmes mariées. . . . 8,805
Celui des veuves. 2,474

Décès d'après les professions.

Professions.	1847	1848	1849	1850	1851	Totaux.	Observations.
Rentières, propriétaires	7	5	1	1	»	14	
Marchandes en détail	2	»	2	2	»	6	
Batelières	»	1	»	»	»	1	
Ouvrières. Filature, Tissus.	1	2	»	1	4	8	
Dentelles . . .	2	»	2	2	1	7	
Objets d'habillements. . .	»	»	1	»	1	2	
Couturières . .	2	2	2	2	4	12	
Travaux aratoir.	»	»	1	»	2	3	
Domestiques . . .	»	1	1	»	3	5	
Femmes de peine, journalières. . .	2	2	2	2	8	16	
Ménagères	6	7	»	6	»	19	
Sans professions . Professions inconnues.	9	5	4	9	13	40	
	31	25	16	25	36	133	

Dans la forte proportion de décès parmi les femmes sans
profession, on reconnaît la mortalité de nos anciennes, de
quelques épileptiques et autres incapacités.

Les aliénées qui ont succombé étaient dans la maison depuis
un temps très-variable; comme nous le disons d'autre part :

Décès d'après la durée du séjour dans la maison.

	1847	1848	1849	1850	1851	Totaux.		
1 jour	»	1	»	»	»	1		
2 jours.	»	1	»	»	1	2	15	
De 5 à 21 jours. .	2	»	»	»	4	6		
1 mois.	1	1	1	1	2	6		
2 mois.	»	»	1	1	2	4		50
3 mois.	»	1	1	1	2	5	21	
4 mois.	1	2	»	»	1	4		
6 mois.	6	»	»	1	1	8		
De 9 à 11 mois. .	2	1	»	2	3	8	14	
1 an.	1	2	»	1	2	6		
1 an et demi . . .	3	4	»	2	3	12		22
2 ans	2	3	2	2	1	10	»	
3 ans	5	3	»	3	»	»	»	11
4 ans	4	3	3	2	2	»	»	14
6 ans	1	2	»	2	1	»	»	6
De 7 à 10 ans . .	1	»	4	4	5	»	»	14
De 10 à 15 ans . .	2	1	2	2	4	»	»	11
De 15 à 20 ans . .	»	»	1	1	»	»	»	2
De 20 à 29 ans . .	»	»	1	»	2	»	»	3
	31	25	16	25	36			133

La mortalité prend donc plus d'un tiers de son contingent sur les malades admises dans l'année, et plus de la moitié des décès (72) comptait parmi les admissions des deux premières années. Nous avons des exemples de longévité dans notre maison de femmes, tels qu'on en trouverait très-rarement dans les asiles consacrés au sexe masculin.

Les femmes qui ont succombé étaient entrées dans l'établissement par suite d'aliénation déterminée comme suit :

	1847	1848	1849	1850	1851	Totaux.
Manie aigue. . . .	3	1	»	»	1	5
» simple	1	»	1	3	»	5
» chronique . .	1	3	3	1	2	10
» intermittente .	1	»	»	»	1	2
» agitée	2	1	2	3	3	11
» épileptique . .	1	»	»	»	»	1
» suicide	1	1	»	»	1	3
Démence simple. .	1	»	»	1	»	2
» complète . . .	3	2	1	9	13	28
» sénile.	1	2	1	2	3	9
» maniaque. . .	6	5	3	1	»	15
» paralytique . .	4	8	4	4	4	24
» épileptique . .	»	»	»	»	2	2
Lypémanie	2	2	1	»	4	9
Imbécilité	2	»	»	»	2	4
Idiotisme.	2	»	»	1	»	3
	31	25	16	25	36	133

On voit dans quelle énorme proportion se sont trouvées les paralysies générales terminées par la mort dans cette période quinquennale. La statistique précédente n'avait constaté que 15 décès de paralytiques dans une période de 7 ans. Les démences ont fourni une part très-large, surtout dans la dernière année où nos vieilles femmes ont payé un lourd tribut.

Les affections qui ont déterminé la mort des aliénées durant notre période, se divisent ainsi (1) :

(1) Les autopsies ont lieu chaque fois que cela est possible et toujours en présence d'un second médecin. M. le docteur Pilat nous a souvent aidé de ses lumières.

DÉTAIL DES AFFECTIONS.	1847.	1848.	1849.	1850.	1881.	Totaux.
76 CÉRÉBRALES.						
Méningite aigue	3	1	»	»	3	7
Congestion cérébrale........	2	2	1	2	2	9
Convulsion et épilepsie	»	1	2	2	2	7
Apoplexie	1	»	2	1	»	4
Ramollissement cérébral....	»	1	»	1	3	5
Paralysie générale	6	8	4	4	4	26
Marasme.................	2	1	1	3	3	10
Décrépitude..............	3	»	»	»	3	6
Gangrène sénile	»	»	»	»	2	2
33 PECTORALES.						
Phthisie	3	2	3	1	2	11
Bronchite chronique........	»	»	»	2	»	2
Asthme suffocant	2	»	»	»	»	2
Congestion pulmonaire.....	1	»	»	»	1	2
Péripneumonie	»	2	1	»	3	6
Pleuropneumonie	»	»	»	1	1	2
Affection du cœur.........	1	2	1	3	1	8
Hypertrophie endocardite.						
21 ABDOMINALES.						
Cancer de l'estomac	1	»	»	»	»	1
Hémorrhagie intestinale	1	»	»	»	»	1
Gastro-hepatite...........	»	»	»	1	2	3
Abcès dans la fosse droite...	»	1	»	»	»	1
Metro-peritonite	»	»	»	1	»	1
Péritonite chronique.......	»	1	»	»	»	1
Enterite aigue............	1	»	»	»	»	1
— chronique........	1	3	1	2	4	11
— typhoïde	1	»	»	»	»	1
3 Suicide par strangulation ...	1	»	»	1	»	2
— pendaison.........	1	»	»	»	»	1
	31	25	16	25	36	133

Notre relevé range les trois cinquièmes de nos décès dans les affections cérébrales qui emportent surtout les aliénées. On peut dire que la petite quantité d'entéro-colites d'une part, de pleurésies et pneumonies d'autre part, justifient parfaitement les soins apportés au régime et à l'hygiène en général.

SORTIES PAR CAUSES DIVERSES.

Les relevés statistiques que nous pourrions établir au sujet des sorties pour causes diverses, offriraient si peu d'intérêt que nous ne croyons pas, en les omettant, laisser une lacune dans cet exposé.

SERVICE INTÉRIEUR.

Le personnel se compose de :

1 Directeur.
1 Médecin.
1 Receveur-Econome.
1 Aumônier.
1 Secrétaire.
21 Religieuses.
15 Domestiques.

Il n'est pas possible, on le voit, de restreindre davantage le personnel, aussi chacun doit-il donner tout son temps au service de l'asile. L'économie effectuée sur les frais administratifs a permis d'améliorer la position des malades et de réaliser des excédants de recettes qui forment l'avoir de l'établissement, résumé de la manière suivante :

AVOIR DE L'ASILE.

L'asile s'appartient comme personne civile. L'immeuble appartient à l'asile et peut être estimé 500,000 francs.

L'établissement possède une rente sur l'Etat de 9,615 francs qui va se trouver réduite d'un dixième ; de plus, une somme de 46,000 francs est placée au Trésor en compte-courant.

Le mobilier de l'asile se borne au strict nécessaire, l'exiguité des locaux et leur disposition ne permettent aucun luxe à cet égard. La division des pensionnaires contient seule quelques meubles indispensables au service de leurs garde-robes. Au contraire, tout ce qui se rapporte au coucher et au vêtement est des plus complets. Tous les lits, au nombre de 423, sont en fer.

La lingerie possède :

Chemises en toile blanche et écrue.	7,882
Paires de draps de lits, idem.	1,894
Essuie-mains, idem.	3,540
Jupons en laine et coton	1,294
Mouchoirs rouges pour le col.	1,364
Idem de poche en fil bleu	3,887
Idem idem en toile bleue	773
Robes en laine.	290
Idem en printanière	505
Sarraux en toile bleue.	690
Serviettes.	833
Nappes	93
Tabliers en toile bleue.	1,765
Matelas en laine.	340
Couvertures en laine blanche.	536
Idem coton blanc.	151
Idem gris.	304
Idem étoupes.	177
Paires de bas en laine.	979
Idem coton.	1,378
Bonnets blancs en mousseline	1,588
Idem indienne brune.	553
Idem coton bleu.	394

Toiles à paillasses.	814
Idem petites paillasses	1,657
Corsets en siamoise bleue.	760
Serres-tête en toile blanche	2,557
Idem bleue.	1,336

Comme on le voit, nos malades sont très-convenablement pourvues de linge.

Elles ont 27 rechanges de chemises,

— 5 — en draps de lit.

CUISINE.

La cuisine vient d'être munie d'un appareil de 3 mètres de long sur 2 mètres 20 centimètres de largeur, contenant 4 chaudières en cuivre, chauffées par un seul foyer ; une bouilloire avec robinets, une vaste table de chauffe dont le foyer, à forme renversée, entraîne les vapeurs, 4 fours à rôtir et 2 étuves. Enfin, une chambre de chaleur destinée au chauffage d'une infirmerie située au-dessus. Un réservoir ou bâche, contenant 15 hectolitres, fournit, à l'aide de robinets, l'eau froide dans chacune des chaudières ou dans la cuisine. Des contre-poids sont disposés de manière à enlever les couvercles des chaudières ou à manœuvrer les registres suivant que l'exigent les opérations culinaires. Outre l'économie de combustible obtenue, puisque les deux foyers remplacent sept feux allumés autrefois pour assurer le service, on trouve le bouillon et les aliments, cuits ainsi à un feu régulier, beaucoup plus savoureux.

ANNÉES.	RENTES sur L'ÉTAT.	INTÉRÊTS de fonds placés au TRÉSOR.	PENSIONS pour les Pensionnaires.	PENSIONS pour les Indigentes.	PRODUIT du Travail pour le dehors.	PRODUIT du Travail pour la maison.	VENTE des Cendres, etc.	PRODUIT des Latrines.	Recettes acci-dentelles.	ARGENT laissé par les indigentes décédées.	RELIQUAT de l'exercice précédent.	TOTAL.
1847..	» »	4,437 85	43,691 55	81,794 99	610 39	2,000 »	296 03	580 »	» »	» »	148,634 30	282,045
1848..	» »	4,228,91	50,186 98	121,631 83	618 36	1,803 03	183 48	660 »	4,327 84	73 25	143,505 49	327,719
1849..	» »	5,653 60	44,587 80	85,573 21	570 16	982 07	303 70	510 »	588,73	12 47	197,349 80	336,131
1850..	9,615 »	1,305 20	44,772 »	86,013 27	689 17	2,785 94	595 23	480 »	205 50	» »	29,211 05	175,672
1851..	9,615 »	1,093 46	41,887 51	101,806 70	690 61	2,998 93	350 01	710 »	» »	» »	30,686 18	189,838
	19,230 »	16,719 02	225,125 84	476,820 »	3,178 69	10,569 97	1,728 45	2,940 »	5,622 07	85 72	549,386 82	1,311,406

ATELIERS, PRODUITS DU TRAVAIL.

45 à 50 malades sont occupées à confectionner des effets neufs soit pour la maison, soit pour le dehors. Elles reçoivent en gratification le tiers du prix de la façon.

45 à 50 autres malades sont aussi occupées journellement au raccommodage du linge et effets d'habillement. Elles touchent une gratification journalière d'un à dix centimes, suivant l'importance de leur travail.

15 à 20 malades font de la dentelle. Le tiers du prix de vente leur est accordé en gratification.

50 à 55 malades sont journellement occupées aux gros ouvrages d'appropriation, dans les dortoirs, ateliers, cours, cuisine. Une gratification journalière, qui varie de 1 à 10 centimes, selon les services qu'elles rendent, leur est accordée.

Les dépenses faites pour le compte des malades consistent en café, sucre, fruits, pâtisseries : chacune d'elles a un compte ouvert par doit et avoir.

Mouvement de la population par année et nombre de journées de présence.

	POPULATION.	JOURNÉES.
Années 1847.	410	118,874
Id. 1848.	375	111,027
Id. 1849.	359	112,520
Id. 1850.	392	117,935
Id. 1851.	423	122,596
	1,959	582,952

DÉPENSES GÉNÉRALES.

Années.	Dépenses.	Moyenne de la pension annuelle par malade.	Moyenne générale du prix de journée par malade.
1847	138,539 62	337 90	» 92
1848	130,369 37	365 18	1 »
1849	124,922 84	347 97	» 95
1850	144,985 48	369 86	1 10
1851	135,170 51	319 55	» 87

Il est indispensable de faire remarquer que dans la population générale se trouvent comprises 70 pensionnaires qui paient 5 fr. 50 c., 2 fr. 75 c., 2 fr. 20 c., 1 fr. 65 c. et 1 fr. 25 c. par jour, ce qui vient réduire le prix de journée des indigentes du département du Nord; car celui-ci ne paie qu'un franc par jour.

Il est convenable aussi de faire observer que dans la dépense ne figure aucune somme pour intérêts du prix de l'immeuble, ou pour sa valeur locative qui peut être estimée à 15,000 francs.

De sorte que le prix de journée approximatif serait, pour une indigente, si l'on ne tenait pas compte des rabais obtenus par les adjudications, de 1 fr. 34 c., ainsi que l'on peut s'en assurer par le détail suivant :

Moyenne de la dépense journalière pour une aliénée indigente.

Lait.	»	05
Bière.	»	04
Pain blanc et de ménage. . .	»	31
Viande et Poisson.	».	18
Beurre.	»	05
Comestibles divers, tels que lé-
gumes secs ou frais, fromages,
prunes, etc.	»	10
Administration, frais généraux.	»	12
Tabac en poudre.	«	02
Entretien des bâtiments. . .	»	04
Frais de bureau, assurances
contre l'incendie et dépenses
imprévues..	»	01
Entretien du mobilier. . . .	»	04
Dépense du coucher	»	04
Linge et habillement. . . .	»	07
Blanchissage du linge. . . .	»	10
Chauffage et éclairage	»	05
Médicaments	»	02
	1	24
Intérêts au loyer de l'immeuble.	»	10
	1	34

Dépenses génrales faites pendant les années 1847, 1848, 1849, 1850 & 1851.

ARTICLES.	1847	1848	1849	1850	1851
Frais d'administration..	20,065 74	19,988 49	20,655 13	21,367 58	21,699 80
Réparations des bàtimens	3,406 31	4,824 02	5,624 97	5,429 74	4,628 55
Assur. contre l'incendie.	99 80	99 80	99 80	99 80	99 80
Remboursem. de pensions	133 10	539 45	517 50	137 50	157 55
Dépenses imprévues ...	847 75	1,000 »	226 55	431 85	55 »
Entretien du mobilier...	4,000 »	4,477 55	4,446 35	4,474 59	3,501 62
Dépenses du coucher...	6,646 89	4,761 02	4,865 48	9,777 25	5,425 86
Linge et habillement ...	12,181 01	8,616 48	16,414 34	19,332 43	16,998 75
Pain et farine	27,589 43	14,805 97	14,126 24	13,109 34	13,687 89
Viande.............	16,857 75	18,192 58	19,998 75	17,358 71	16,376 22
Vin et bière.........	5,129 09	5,451 95	5,031 38	6,645 65	6,941 73
Comestibles divers.....	25,884 77	25,266 41	20,333 85	24,239 03	25,011 24
Blanchissage (1)	8,500 »	12,005 39	2,882 03	11,583 84	8,897 74
Eclairage..........	2,000 »	1,907 80	1,867 50	1,872 50	1,862 10
Chauffage..........	3,798 90	5,222 23	5,453 50	3,077 77	2,891 05
Dépenses de la pharma.	2,537 88	2,498 52	2,385 30	2,320 69	3,022 34
Frais du culte et sépult.	283 95	297 93	423 45	300 »	389 55
Objets pour les ateliers.	47 25	80 75	93 65	102 27	105 50
Tabac en poudre. (2)...	550 »	550 »	515 »	540 »	621 25
Achat de rentes	» »	» »	181,997 65	» »	» »
Confections p. la maison	» »	1,803 03	982 07	2,785 94	2,998 95
	138,559 62	130,369 37	306,920 49	144,985 48	135,170 47

(1) Les adjudications ont quelquefois donné lieu à d'importantes réductions, sur différents articles que la concurrence se dispute. Elle s'est produit spécialement sur le blanchissage qui se fait exclusivement hors de la maison, et qui s'élève à des chiffres d'autant plus importants que la restriction de nos constructions, nous oblige à une grande surveillance sur la propreté ainsi qu'il est dit plus haut.

(2) On a signalé depuis longtemps que chez les aliénés, les stimulants de la membrane pituitaire sont recherchés avec avidité ; si l'on ajoute à ce besoin les habitudes locales, on comprendra qu'il serait impossible de réduire cette dépense qui nous procure d'ailleurs une grande action morale sur nos malades.

Tels sont, au point de vue administratif et médical les éléments d'une prospérité qui ne trouve de limites que celles imposées par la situation au centre de la ville la plus populeuse et la plus industrielle du Nord. Nous n'avons pas à démontrer les avantages d'un déplacement dont l'autorité apprécie depuis longtemps l'impérieuse nécessité. Les avantages financiers, l'intérêt moral des malades, leur hygiène que le moindre événement peut compromettre dans les conditions actuelles, tout a été étudié, tout a été dit, commenté avec mille variantes, et il n'a point dépendu de nous qu'il ne soit donné suite aux divers projets élaborés en leur temps.

L'autorité supérieure, malgré ses graves préoccupations, n'a pas cessé un instant de prouver sa sollicitude pour l'Asile de Lille, et nous n'entraverons pas, nous ne précipiterons pas sa liberté d'action en l'obsédant par l'expression de vœux qu'elle connaît, qu'elle favorise, et qu'elle nous trouvera toujours disposés à réaliser avec bonheur.

Lille. Imp. Lefebvre-Ducrocq